DARK
MOON
달 의 제 단

WITH **ENHYPEN**

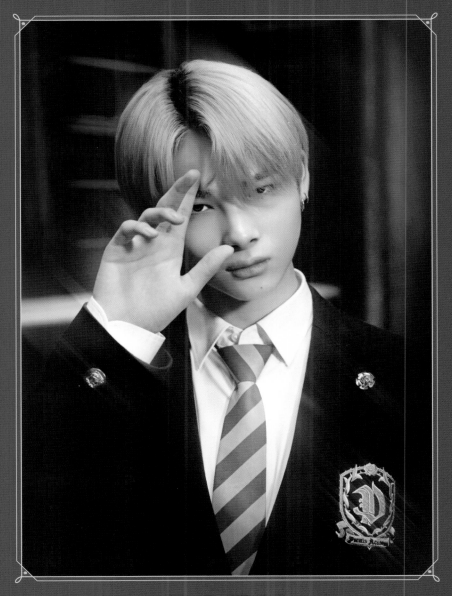

DARK
MOON

WITH **ENHYPEN**

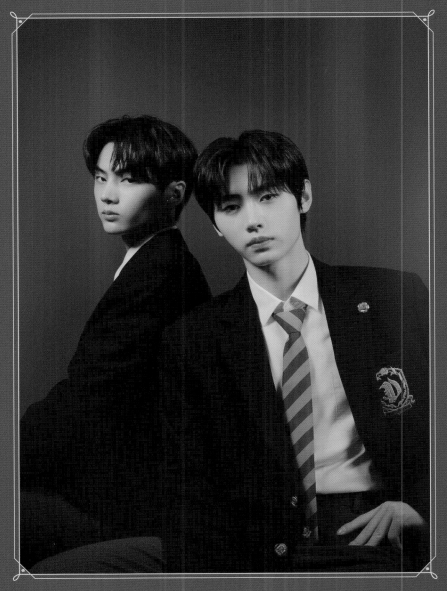

DARK
MOON
달의 제단

WITH ENHYPEN

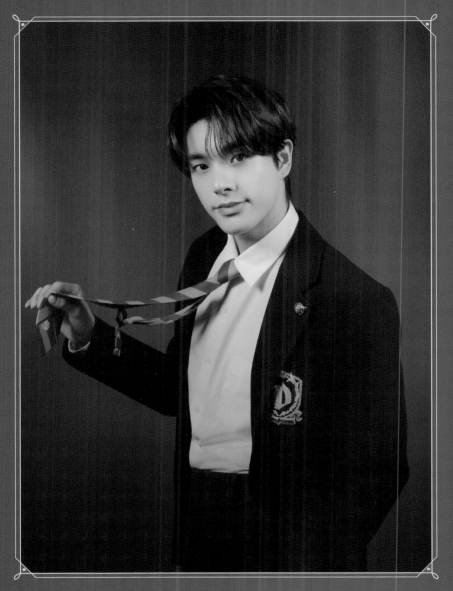

**DARK
MOON**

WITH **ENHYPEN**

DARK
MOON
달의 제단

WITH **ENHYPEN**

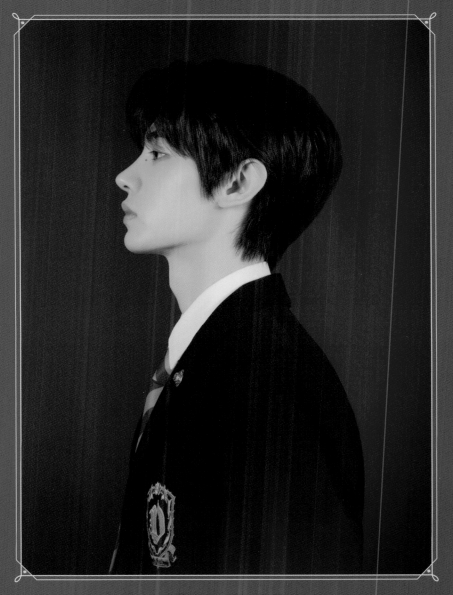

DARK
MOON
달 의 제 단

WITH ENHYPEN

DARK
MOON
달 의 제단

WITH **ENHYPEN**

DARK MOON 달의 제단

WITH **ENHYPEN**

기획/제작
HYBE

공동기획

WITH **ENHYPEN**

6
WEBNOVEL

학산문화사

차례

제 60 화

꿈
part 16

꿈에서 깨어난 이후로 수하는 헬리의 눈을 똑바로 마주할 자신이 없었다. 헬리가 그녀를 어떤 눈으로 보고 있는지 새삼 의식된 것도 있지만, 문제가 하나 더 있었다.

'말을 해야 하는데.'

이젠 말 그대로 말해야 했다. 말을 할 때가 되고도 지났다. 하지만 어떻게 말한단 말인가?

있잖아, 내가 사실 꿈을 꾸는데 말이야, 꿈에서 레일건 마스터도 보고 저 다르단이란 남자도 봤거든? 신기하지? 응, 나도 신기하다고 생각해. 그런데 말이야. 거기에서 나는 공주고 너희는 기사…….

'아으아아아악! 아악! 못 해! 못 해! 애들 얼굴을 어떻게 보라고!'

수하에게도 이른바 사회적 체면이란 게 존재했다. 어떻게 공주니 기사니 하는 말을 멀쩡한 정신으로 입에 담는단 말인가.

'아, 레일건 마스터가 날 공주라고 불렀지. 아주 확실하게 날 알아봤어.'

그러니까 그 꿈이 사실이긴 한 것 같은데, 그런데 그걸 애들한테 이야기를 어떻게 해야 할지 모르겠다.

그리고 분명히, 분명히 말이다. 헬리도 트레나에게 '계집애가 아니라 공주님'이라고 했는데, 분명히. 신경 쓸 거 없다고 했지만 수하는 똑똑하게 들었다.

'그게 혹시 날 말한 걸까?'

가슴이 철렁 내려앉아 돌아보았지만 헬리는 신경 쓰지 말라고 했고, 그리고 당시엔 그런 걸 하나하나 따질 새가 없었다. 어쨌든 이런 정황들을 다 모으고 보니 어쩔 수 없이 말은 해야 할 텐데.

'근데, 내가 진짜 공주인 건 아니잖아?'

결국 근본적인 문제에 부딪치게 된다.

수하가 공주인가? 공주가 수하인가? 설마 전생? 전생이면 그녀와 도대체 무슨 상관인가? 외모만 똑같은 거 아닐까?

'……나는 도대체 뭐지?'

그래서 사춘기라면 누구나 다 고민하다 확립한다는 자아정체성을 다시 찾는 지경까지 다다르고 말았다.

어쨌든 조마조마한 마음으로 애들이 도대체 싸울 때 레일건 마스터가 뭐라고 말한 거냐고 묻는다면 뭐라 대답할지 머리를 맹렬히 굴리고 있는데 말이다.

'근데 왜 안 물어봐?'

아무도 물어보지 않았다. 아, 미치겠네. 일단 가장 절실했던 뜨거운 물로 샤워를 하고 보송보송한 옷으로 갈아입는 건 다 했는데 말이다. 그다음에는 무조건 소년들과 또 마주해야 했다.

프린태니어 시를 떠나 정신없이 이동하면서 일단 잠부터 잤던 건 다 끝났다. 애들도 다 정신 차렸을 테니 멀쩡한 머리로 지난 싸움을 하나하나 조합하다 보면 분명히 물어볼 텐데.

특히 헬리가 말이다.

"옷이 그게 다야?"

나오는 그녀를 보고 반사적으로 미소를 지으며 이쪽으로 오던 그가 고개를 기울이며 물었다.

"응, 왜?"

"일단 이거 입어."

헬리는 외투를 벗어줬다.

"그리고 옷은 좀 더 사자."

"으응? 짐을 늘려서 뭐 하려고? 난 괜찮은데."

"지금부터는 그런 소리 하지 않았으면 좋겠어. 다친 사람도
있는 마당에 괜찮은 게 어디 있어, 최대한 몸을 챙기면서 버텨
야지."

헬리는 그렇게 말하면서 차에 실어둔 가방 안에서 다른 겉
옷을 꺼내 걸쳤다.

이동수단은 수시로 바뀌었다. 주로 가명으로 빌린 렌터카를
사용했는데, 그것도 오래 이용하지 않았다. 이 지점에서 저 지
점으로 이동한 뒤 곧바로 두고 다른 이동수단으로 갈아타는
식이었다.

그러니 짐은 점점 간소해졌다. 그때그때 필요한 것을 사서
쓰고 버렸다. 추적을 따돌리면서 쉬고 회복할 시간을 벌기 위
해서다.

"오토널에 갈수록 추워져."

"뱀파이어들은 아무래도 밤이 긴 곳을 선호하니까 그렇겠
네."

수하는 커다란 헬리의 옷에 푹 잠기다시피 했다. 은은한 향

이 난다. 바로 요전에 이동하면서 꿨던 꿈을 다시 떠올리니 헬리의 얼굴을 보기가 더 어려웠다.

"많이 힘들어?"

"약간."

"나와 괜히 엮였다고 생각하고 있어?"

그게 무슨 말인가. 가라앉은 목소리에는 일말의 불안감까지 엿보여서, 약간 미간을 좁힌 수하가 고개를 번쩍 들었다.

"무슨 말을 그렇게 해? 그게 말이 돼?"

"그런데 왜 날 안 봐, 섭섭하게."

"지금도 보고 있잖아."

헬리는 대답 대신 그냥 빤히 그녀를 쳐다보았다.

이런 때는 꼭 꿈 안에서 본 그가 튀어나온 것 같다. 아무런 말도 하지 않고 약간 다정한 미소만 지은 채 부드럽게 바라본다. '그게 아니라는 거 너도 알고 있잖아'라는 시선이다.

별일 아니라고 그냥 넘어가는 것도 안 되고, 아무 말도 안 하고 입을 다무는 것도 안 된다. 그는 그녀가 입을 열고 솔직하게 말할 때까지 무한히 기다릴 수 있었다.

'……얘 이러려고 기다리고 있었구나.'

왜 안 물어보지, 분명히 물어볼 텐데, 하고 고민했었는데 지금이 바로 그 순간이었다. 수하는 이걸 어디까지 이야기해야 하나, 고민하면서 물었다.

"시간 있어?"

"오늘은 여기에서 머물 거야."

"그럼 따라와. 앉아서 얘기해."

임시로 머무는 숙소 주차장에서 할 말은 아니었다. 수하는 먼저 걸어가면서 어디서부터 어떻게 말을 해야 할지 고민하고 또 고민했다.

공주였다면 이런 순간에 도대체 뭐라고 했을까? 그녀는 왕국의 후계자로 키워져 수하보다 훨씬 똑똑할 테니 더 현명하게 슬쩍 말을 흘리지 않을까? 수하는 너무 난감하기만 해서 근처 카페에 앉아서도 컵만 만지작거리며 쉽게 말을 하지 못했다.

헬리는 반면에 느긋하고, 어쩌면 아무 생각이 없는 것처럼 보였다. 그는 차분하게 수하를 기다리면서 창밖을 바라보았다.

낯선 도시의 풍경을 구경하는 게 즐거운 걸까? 하긴 수하도 관광객이었다면 신나게 사진을 찍고, 여기저기 둘러보느라 정신이 없었을 거다.

"있잖아."

트레나와의 싸움을 기점으로, 수하는 적어도 그녀가 끝까지 가야 한다는 사실은 알았다. 여기에서 멈춘다고 해도 뱀파이어들은 계속 그녀를 추적할 것이다. 그러니 소년들과 함께 가야 하는데, 이 여정에서 그들과 사이가 어색해지는 건 죽어도 싫었다.

그녀가 부르면 곧장 서늘하고 검은 눈이 그녀를 똑바로 쳐다본다. 그건 아무것도 모르겠어서 모든 게 불분명한 수하와는 달리 곧은 확신을 가진 시선이었다.

"그……."

어떻게든 돌려 물어볼 생각이었다. 간접적으로 꿈 이야기를 이상하게 들리지 않는 선에서 슬쩍 흘리고, 어떻게 생각하냐고 물어보는 게 가장 안전해 보였다.

하지만 그건 수하답지 않게 돌다리를 여러 번 두드리기만 하는 거였다. 사실 이렇게까지 많이 두드릴 필요는 없었다. 이미 헬리는 그녀를 가만히 기다려주고 있었으니까.

'아, 그랬구나.'

이미 말할 때까지 기다렸던 거구나. 기다리는 동안 아무 말도 하지 않다가, 아무래도 안 되겠으니 자리까지 깔아준 거다.

헬리뿐만이 아니라 다른 소년들도 물어보지 않았다. 트레나가 죽을 때까지 그녀의 기억을 하나하나 살펴보고, 피곤해도 계속 복기하며 여태까지 있었던 일을 필사적으로 짜 맞췄던 헬리가 왜 수하에게는 한마디도 하지 않았을까.

"왜 안 물어봐?"

헬리는 대답 대신 눈으로 되물었다. 뭘?

"싸울 때 레일건 마스터가 나한테 아는 척했잖아."

"아. 공주님이라고 불렀던 거."

"어으으으……."

수하는 당장 어깨를 움츠리며 질색했다. 헬리는 픽 웃으며 말했다.

"그럴 거 같아서 안 물어봤어. 너도 모르는 것 같고."

"그걸 어떻게 알아? 내가 사실은 예전에 뱀파이어들이랑 친했다든가, 아니면 레일건 마스터를 알고 있었다면 어떻게 하려고 그랬어?"

수하였다면 의심을 하든가, 의심까지는 아니라 해도 의문은 가졌을 거다.

"아, 네가 첩자였다?"

"그런 가정을 할 수도 있다는 거지."

"그렇구나. 그럼 앞으로 더 네 앞에서는 행동 조심해야겠다.

뱀파이어들이 나랑 친한 척하면 네가 의심할 거 아니야?"

"야."

헬리는 정색하는 수하를 보며 자꾸 웃었다. 아, 어떡하지.

"거봐. 너도 절대로 안 그럴 거잖아. 나도 마찬가지야."

"너야 그 뱀파이어들이랑 원래부터 원한 관계인 거 같고……."

"응. 리버필드 시에 오기 한참 전에 그랬어. 애들이랑 다 같이 보육원에서 자랐거든. 보육원이라고 해봤자 우리 일곱밖에 없었는데. 좀 이상한 곳이었지."

다정한 보육원 선생님들과 원장선생님 '마지'와 함께 살다가, 어느 날 습격당해서 일곱 명만 도망치고 선생님들은 다 죽었다는 이야기를 그는 아주 자연스럽게 꺼내 풀어놨다.

"네가 나타나고 나서 얼마 있다가 잠깐 보육원 자리에 갔었어. 다 무너지고 시신밖에 없더라고."

수하의 표정이 대번에 굳었다. 무섭고, 아픈, 그리고 철저하게 뱀파이어 소년들의 사생활이다. 이걸 그녀가 알아도 되는 걸까?

하지만 헬리는 덤덤하게 말했다.

"오래된 이야기야. 레일건 마스터가 그때 습격했던 뱀파이어였다는 것도 알았고. 그리고 원장선생님이 우리를 지키려다가 마스터한테 죽었다는 것도 알았지."

알지 못하던 과거의 일 중 하나가 드러난 셈이었다.

"나도 네게 말하지 않은 게 있어, 수하야. 드리프터들과 리버필드 시 외곽에서 싸웠던 날 기억나?"

말하지 않은 거라니? 수하는 일단 고개부터 끄덕였다.

"그때 읽어낸 정보 중에, 중요한 게 하나 있었어. 놀랄까 봐 너한테 말하지는 않았지만."

헬리는 주변을 살피다가 입을 다물었다.

우리보다, 늑대인간들보다 더 열심히 찾고 있는 존재가 있대. 정확하지는 않아. 다만, '다른 사람 눈에 띌 정도로 특별한 능력을 가진 여자'라고 했지.

그는 수하의 표정이 조금씩 가라앉기 시작하는 걸 바라보았다.

나는 그때 이미 그게 너일 거라고 생각했어.

수하가 숨기고 있는 힘을 알고 있는 사람들이 그 이야기를 듣는다면 누구나 다 그렇게 생각할 거다. 반신반의하던 일은 레일건 마스터와 부딪친 후로는 사실이 되었다.

그리고 지금도 그렇게 생각해. 그러니 레일건 마스터가 네게 아는 척을 했겠지.

완전히 얼어붙은 그녀는 조금씩 호흡을 멈추기 시작했다.
"수하야. 숨 쉬어."
선명하게 들리는 목소리에 수하는 저도 모르게 크게 숨을 들이마셨다. 그제야 자신이 호흡을 멈췄다는 걸 깨달은 그녀의 좁은 흉통이 들썩거렸다.
"괜찮아?"
"어……, 잘 모르겠어."
그렇게 두려운 힘을 가진 뱀파이어들의 표적인 친구들을 돕는 것과, 표적이 되는 건 차원이 달랐다.
"그래. 그럴 것 같아서 말하지 않았어."
어릴 때부터 무술을 교육받고, 또 죽음의 위협에서 수도 없이 도망쳐봤던 소년들과 평범하게 자란 수하는 받아들이는 게 다를 수밖에 없었다.

"최대한 길게 두고 보면서 확실해질 때까지 말하고 싶지 않았는데……."

트레나가 수하를 알아보는 순간엔 모든 게 확실해졌다.

"나는 그런 뱀파이어들 몰라. 이건 네가 내 생각을 읽어도 괜찮아. 정말 몰라."

세차게 고개를 흔드는 그녀는 너무 불안해 보였다. 헬리는 파르르 떨리는 그녀의 손을 덮었다.

"알아. 괜찮아. 그럴 수도 있어. 그 여자가 나도 알아봤잖아. 노아도 알아봤다고. 아니, 내 형제들은 전부 다 알아봤어. 그런데 우리가 그 여자를 예전에 만나 본 적이 있을까? 보육원에서도 못 봤는데."

수하는 대답도 하지 못하고 헬리의 말을 듣다가 불현듯 생각했다. 하지만 만났다는 걸 기억하지 못할 수도 있었다.

"하지만 만난 걸 우리가 기억하지 못할 수도 있지."

그리고 헬리는 정확하게 그녀의 마음을 읽은 것처럼 말했다.

"수하야."

그가 이름을 부드럽게 부를 때마다 심장이 쿵쿵 떨어졌다.

두려운 사실을 목전에 뒀기 때문일까, 아니면 그냥 부르는 사람이 헬리이기 때문일까? 모든 것이 혼란스러울 때 그의 곧은 눈빛만은 혼란스럽지 않았다.

그는 온통 희뿌옇고 불확실한 세상에서 홀로 똑바로 분명하게 수하를 응시했다.

"잘 때 혹시, 꿈꾸니?"

수하가 몹시 물어보고 싶었지만 제정신으로는 절대 못 물어볼 질문이라 생각했던 걸, 헬리는 덤덤하고 멀쩡한 얼굴로 아무렇지도 않게 물었다.

☾

오토널 시 깊숙한 곳.

쌍둥이 자매 트레나가 떠들썩하면서도 허름한 술집을 즐거워하면서 운영하는 것과는 달리 트리샤는 고풍스러운 양식과 권위가 느껴지는 건축을 사랑했다.

때문에 그녀는 오토널 시의 가장 유서 깊은 시청 꼭대기에 앉아 있었다. 오늘도 평소와 다를 바가 없는 밤이었다. 추운 날씨로 인해 이곳의 밤은 무척 길었으며, 때문에 다르단을 섬기는 뱀파이어들도 이곳에 아주 많이 거주했다.

타닥, 타닥, 벽난로만 장작이 타는 소리를 낼 뿐 그 밤은 늘 그랬듯이 평온하고 조용했다. 에스티발 시의 물류창고에 불이 난 관계로 이곳에 배송되어야 할 늑대인간들이 없어서 더 그런지도 모른다.

하긴, 그들이 온다고 해도 이미 무력화시키는 향에 절여져서 아무런 소리도 못 냈을 거다. 어쨌든 트리샤는 동생과는 달리 시끄러운 건 싫어했다. 그래서 오늘도 혼자 앉아 열심히 다르단을 위해 일하고 있던 중이었다.

"……아?"

그녀는 갑자기 고개를 들었다. 아무도 없는 집무실의 창문은 꼭꼭 닫혔다. 그런데 이상하게도 섬뜩한 기분이 어깨를 싸늘하게 만들었다.

이상하다. 트리샤는 본능적으로 고풍스러운 전화기를 들어 어디론가 전화를 걸었다. 신호만 갈 뿐, 전화를 받지 않는다.

"아무도 없나?"

그럴 리가 없었다. 사람이 너무 많고 시끄러워서 전화벨 소리도 못 듣는 거겠지.

트리샤는 레일건 특유의 정신 나간 소음을 떠올리며 미간을 찌푸렸다. 분명히 시끄러워서 못 들을 거다.

하지만 그녀는 그 후로도 다섯 시간 동안 열 번이나 레일건에 전화를 걸었다. 그리고 한 통화도 연결되지 못했다.

'……무슨 일이 일어났구나.'

유일한 혈육이자 쌍둥이에게 안 좋은 일이 일어났다.

트리샤는 아무런 증거도 없이 그 사실을 예감했다.

제 61 화

꿈
part 17

꿈이라는 단어 하나에 수하의 눈동자가 흔들리는 걸 헬리는 분명히 포착했다.

'가까운 사람들에겐 거짓말을 하지 못하는 성격이지.'

알고 있었다. 꿈을 통해서든, 혹은 새로 전학 온 수하와 여기까지 오면서든, 어쨌든 알고 있었다.

적에게는 태연하게 거짓말을 해서 속여 넘길 만큼 담력이 세고 강하지만, 그녀는 가까운 이들에겐 몹시 약했다. 거짓말도 못하고, 해도 티가 나는 솔직한 성격이라 모두가 그녀를 아꼈다.

그럼 지금 수하는 헬리도 가까운 사람이라고 느끼는 건가. 생각을 하다가 그런 결론에 도달한 그는 기분이 훨씬 좋아졌다. 입꼬리가 비식비식 제멋대로 움직이며 올라가려고 했다.

몇 번이나 같이 싸웠는데 이 정도면 전우가 아닌가. 목숨을
서로 구해주고 도와준 사이다. 헬리의 생각에, 이건 상당히 특
별하고 가까운 사이가 맞았다.

"꿈……, 꿈은 꾸지, 가끔……?"

그리고 높은 확률로 헬리가 예상하는 바로 그런 꿈일 게 분
명했다.

굳이 수하의 머릿속을 들여다보지 않아도, 그녀가 지금 짓
고 있는 미묘한 표정과 살살 피하는 시선만 봐도 안다. 자주
관찰하고 관심을 많이 가지면 훤히 들여다보였다. 물론, 그러
면서도 가장 중요한 건 알 수가 없어 애가 타지만 말이다.

"나도 꿔."

"아, 그렇구나. 응."

눈도 제대로 못 마주치는 수하를 보며 헬리는 다시 한번 고
민했다.

이쯤에서 툭 터놓고 이야기를 하고 싶었다. 나는 이런 꿈을
꾸고 있고, 나뿐만이 아니라 내 형제들이 다 같은 꿈을 꾸고
있는데 너는 어떠냐고. 너도 그렇지 않냐고.

그들이 돌아가야 할 드셀리스 아카데미와는 자꾸만 멀어지
고 있었고, 이런 식으로 가다간 차분하게 앉아서 대화할 시간

마저 없을지도 모른다. 언제 어디서 적들이 튀어나올지 모르기 때문이다.

하지만 어느 순간부터 목덜미가 붉어지더니 홍조가 귀까지 올라오고, 그러곤 결국 얼굴 전체가 익어버릴 정도로 곤란해하는 수하를 보면 입을 다물게 된다. 목숨이 위험한 이 순간에 어떻게든 알고 있는 단서를 다 맞춰봐야 하는데 다그치고 몰아세울 수가 없다.

차라리 수하가 그의 형제들이었다면 편했을까?

'애들이었으면 절대 안 봐줬지.'

딱 앉혀두고 말할 때까지 기다리면 그만이었다. 헬리는 굳이 생각을 읽어내지 않아도 상대를 어떻게 압박하면 진실을 실토하는지 잘 알았다. 보통 사람들은, 심지어 동생들도 그의 차분하고 조용한 눈빛이 솔직하게 말하길 권유하면 꼼짝도 하지 못했으니까.

그런데 왜, 그게 지금 이리저리 눈동자를 또로록 굴리고 있는 수하한테는 할 생각이 안 드는 걸까.

'그냥 넘어갈까?'

헬리는 잠시 그들의 앞에 펼쳐진 계획을 헤아렸다.

사실 계획이라고 거창하게 이름을 붙일 것도 없었다. 레일건 마스터 트레나에게서 얻어낸 정보와, 그녀가 끌고 왔던 뱀파이어들에게서 털어낸 단서들을 가지고 분석한 뒤 다음 목적지로 아무것도 모르고 떠나는 것뿐이다.

그래서 그들의 다음 목적지는 프린테니어 시에서 북쪽으로 더 가면 나오는 오토널 시였다.

무엇보다 결국 그곳에 있을 뱀파이어들이 노리는 것도 공주, 혹은 수하다.

헬리는 트레나 안에서 꿈틀거리던 욕망을 잊을 수가 없었다.

공주가 마셨던 고대 수호신의 피, 그 피로 인해 얻을 수 있는 힘에 대한 질척한 욕망. 그 욕망이 수하에게로 향한다는 것조차 몸서리치게 싫었다.

그럼 너는 네 스스로를 경계하고 있니?

꿈에서 원장선생님이, 혹은 왕국의 장관이자 스승이 물었다.

그때의 헬리는 어떻게 했을까?

지금의 헬리는 조금도 성숙하지 못했다. 그냥 수하에게 미움받기 싫고 부담 주기 싫으면서 가장 가까운 옆자리를 차지

하고 싶을 뿐이다. 그러면서도 적진으로 한 걸음씩 들어가고 있다는 모순이 그를 괴롭게 했다.

꿈에서 본 헬리였다면 이런 때 아주 능숙하게 대처했겠지. 철저하게 마음은 숨기고, 그러면서도 눈앞에 있는 여자애는 가장 안전하게 지키고.

'나는 왜 내가 기억도 못 하는 나를 질투까지 해?'

헬리는 얼굴을 확 문질렀다. 갑작스러운 그의 움직임에 화들짝 놀란 수하가 엉겁결에 말했다.

"꾸, 꿈은 나도 꾸는데……!"

아, 제발. 입이 안 떨어진다. 맨정신에 이 이야기를 어떻게 할까. 차라리 그녀가 꾼 꿈을 대충 생각만 하고 있으면 헬리가 알아서 들여다보는 편이 훨씬 빠르겠다. 그런데 내용만 봐도 그녀를 미친 사람 보듯 볼까 봐, 그게 겁이 났다.

하지만 말해야겠지? 애초에 재상인지 다르단인지 그 남자랑 쌍둥이 뱀파이어들이 다 나왔다면 말은 해야 했다. 차라리 말한 뒤, 그녀가 너무 겁이 나서 꿈에 무서운 적들이 나타나는 거라는 소리를 듣는 편이 낫겠다.

"나는 네 꿈을 꿔."

헬리가 건조한 말투로 말도 안 되는 소리를 갑자기 툭 던졌다. 수하는 자신이 너무 당황한 나머지 잘못 들었다고 생각했다.

"종종. 아니, 자주 꾸고 요즘엔 매일 꿔."

잘못 들었나? 아니, 잘못 들은 게 아니다. 그녀를 뚫어져라 보는 헬리의 눈은 거의 깜빡이지도 않았다. 그는 아주 진지하게 폭탄을 펑펑 터트리고 있었다.

"나뿐만이 아니라 다 꾸고 있다는 게 문제……, 라고 해야 하나. 뭐, 마음에는 안 들지만 사실이지."

"다 꾼다고?"

목소리가 왜 이래? 수하는 말을 해놓고 자신의 목소리에 깜짝 놀라 입을 다물었다. 거의 목이 졸리는 사람처럼 괴상한 목소리가 튀어나왔다. 그녀는 서둘러 목소리를 가다듬었다.

"다?"

아, 여기서도 삑사리가 심하게 났다. 수하는 눈을 질끈 감았고, 헬리는 태연하게 못 들은 척했다. 솔직히 귀엽다고 생각하고 있는데 티를 내면 수하가 더 이상 견디지 못하고 자리를 박차고 일어날 게 뻔했다.

"응. 우리 일곱 명, 다."

뱀파이어 소년들은 다 그녀의 꿈을 꾼다는 얘기에 수하는 창피함도 잠시 잊었다.

"꿈에는 수하 너도 있고, 레일건 마스터도 있고, 그 여자의 쌍둥이 언니도 있고……."

수하는 말하기 너무 어려웠던 얘기를 헬리는 아주 쉽고 간단하게 풀어냈다. 부러울 지경이었다.

"그리고 다르단, 그 남자도 나와."

그녀는 어깨를 움찔거렸다.

왕의 후계자 교육을 받을 때는 저런 허술한 모습은 없었는데. 헬리는 눈을 약간 가느스름하게 뜨며 수하를 살폈다. 하지만 어깨를 짓누르는 의무와 책임 따위 없이 나이에 걸맞게 솔직하고 자유로이 성장한 그녀가 공주보다는 훨씬 보기 좋았다.

"아마 앞으로 우리가 만나게 될 적들이겠지. 너도 같은 꿈을 꿨을 거라고 추측하는 중이야."

그건 추측이 아니라 확신에 가까운 목소리였다. 수하는 저도 모르게 고개를 크게 끄덕이면서 괜히 아래를 내려다보았다.

"꿈에서 너도 날 봤어?"

아주 부드러운 목소리에 수하는 발개진 귀만 내놓고 고개만 열심히 끄덕였다.

"네가……."

헬리는 주변을 살피다가 말로 하는 대신 생각을 전했다.

피를 마시고 몸이 건강해진 건, 기억나?

생각에는 질문뿐만 아니라 헬리가 보았던 장면까지 담겨 있었다.

예복을 갖춰 입은 공주가 제단 위로 올라가서, 신성하게 분류된 피를 마시는 장면이 수하의 뇌 속에 생생하게 펼쳐졌다.

그녀는 화들짝 놀라서 고개를 퍼뜩 들었다. 그녀가 직접 계단을 올라가서 마시는 모습을 남이 보는 시각에서 보게 될 줄은 몰랐다.

살짝 벌어진 입술에서 새어 나오는 숨이 가쁘다. 쌕쌕 숨을 내쉬는 소리도 커졌다. 수하는 얼어붙어서 시선조차 제대로 움직이지 못했다.

"아……."

아아. 차가운 얼음물이 머리 위에서 쏟아진 느낌이었다.

이건 현실이구나. 냉정한 과학으로 쌓아 올리지 않은, 비이

성적인 사실이지만 그녀가 보고 느낀 모든 것이니 현실이었다.

같은 꿈을 꾸었다는 헬리의 고백에 수하는 기쁨이나 안도감보다 충격을 먼저 느꼈다.

그녀의 손이 조금씩 떨리기 시작했다. 파르르 떨리는 그 손을 보다 못한 헬리가 꽉 잡았다.

"수하야. 숨 쉬어. 괜찮아."

"나, 나는……."

어쩌면 여태까지 방관해왔는지도 모른다. 한 걸음 떨어져서, 친구들을 돕겠다는 안일한 생각으로 여기까지 왔는지도 모른다.

하지만 트레나가 수하를 아는 척했을 때부터, 아니, 훨씬 이전부터 이 모든 일은 그녀와 깊게 관련된, 그녀의 일이었다.

그냥 평범하게 기숙사 월담을 하면서 누가 잘생겼다느니, 어떤 운동을 하고 싶다느니, 친구들과 꺅꺅대며 수다를 떨던 소녀에겐 너무나 감당하기 힘든 일이었다.

무엇보다 무서웠다. 가공할 힘을 가진 적들이 무서운 건 둘째 치고, 그녀가 감당할 수 있을까? 이런 걸, 고작 고등학교에 다니는 그녀가 어떻게 잘 처리하겠냐 말이다.

"괜찮아. 내가 끝까지 같이 갈 거야. 수하야, 날 봐. 응?"

귀에서 삐이, 하고 이명까지 들리기 시작했다. 헬리가 그녀의 손등을 톡톡 두드리다가 안 되겠다 싶었는지 아예 탁자를 돌아 그녀의 곁에 앉았다.

"수하야."

빨갛게 물들었던 얼굴을 살살 달래며 그를 향해 돌리게 하고 보니, 이미 허옇게 질려 있었다.

"헤, 헬리."

"응."

"만약에 이게 다 사실이면……."

"사실이야. 아마."

적들은 소년들을 추적하는 게 아니라 수하를 추적하고 있었다. 그녀가 감당하기에 벅찰 정도로 너무나 오랜 시간 동안 그녀를 찾아다녔다.

"괜찮아."

그는 덜덜 떨리는 어깨를 감쌌다.

"공주님 지키라고 기사들이 있는 거잖아."

그의 품 안에서 그제야 힘없는 웃음소리가 터졌다. 겨우 웃네. 다행이다.

"와……."

"왜? 사실이잖아."

"난 그 말은 차마 입 밖에도 못 내겠던데……."

수하는 거침없는 헬리를 순수하게 감탄했다.

"아, 그래서 말을 못 하던 거였어?"

여왕의 유일한 딸이니 공주인 거고, 그들은 기사이니 기사인 건데. 그게 뭐 어때서. 헬리는 몹시 민망해하는 수하를 보며 재미있어했다.

"있었던 일이잖아."

"넌 그렇게 생각해? 그게 정말로……, 있었던 일이라고 생각해?"

어떻게 그렇게 확신할 수가 있지? 수하는 스스로 꿈을 꾸고, 또 트레나의 입에서 그녀를 아는 척하는 말이 나와도 반신반의 중인데 헬리는 아주 확고했다.

"응. 믿으니까 말이 다 되던데."

그는 스스럼없이 고개를 끄덕였다.

"그리고, 그렇게 다 이어져서 말이 되게 꾸는 꿈이 어디 있어? 꿈이 아니라 기억인 거지. 그런 생각 안 해봤어?"

"했……, 했지만……."

수하는 문득 헬리의 얼굴이 지나치게 가까이 있다는 점을 깨달았다.

그러고 보니 그가 그녀의 어깨를 안고 토닥여주고 있었다.

다시 화르륵, 얼굴에 불이 붙었다.

"하긴 우리는 일곱 명끼리 꿈도 대충 보여줬으니 확신이 들었지만, 너는 말을 하기가 힘들었을 테니 당연한가……?"

빳빳하게 굳어버린 수하는 열심히 고개만 끄덕였다.

"너무 걱정하지 마. 그때 무슨 일이 있어서 우리가 여기까지 흘러왔는지는 모르지만, 그거야 차차 알아가면 되는 거고. 무엇보다."

헬리는 말을 잠시 끊고 그녀를 내려다보았다.

이런 때마다 그는 꿈속의 그 평정심 강하고 노련하던 기사와 자신이 같은 사람이란 걸 확신했다. 원장선생님은, 스승님은 그에게 마음을 접으라고 충고했지만 그는 절대로 그러지 못했을 거다. 눈에 담는 순간 마음은 확고해지고, 닿는 순간엔 도저히 끊어내지 못한다.

"지금은 우리가 다시 만났잖아."

소년들이 그녀를 찾아낸 것인지, 그녀가 소년들을 찾아낸 것인지 알 수는 없지만 결국 돌고 돌아 다시 만났다.

"이번에도 최선을 다해서 지킬게."

뭐든. 동생들, 자신의 목숨도, 무엇보다 수하까지 전부 다.

"무슨 소리야? 대충 보니까 내가 너희를 지켜줘야겠던데."

그녀는 일부러 씩씩하게 말하며 슬금슬금 엉덩이를 움직여 뒤로 빠졌다. 그만큼 헬리와의 거리가 벌어지자 그는 한쪽 눈썹을 슬쩍 들어 올렸다.

"아. 공주님 눈에 기사들이 성에 안 차시나?"

"악! 아악! 악!"

기겁을 한 수하는 낮게 비명을 지르며 헬리의 옷자락을 움켜쥐었다.

"너 진짜 그런 말 좀 하지 마……!"

아. 다시 가까워졌다. 이렇게 민망해할 지경이니 여태까지 왜 말을 못 했는지 이해는 가는데 말이다. 헬리는 빙긋 웃었다.

"싫은데요, 공주님."

반항의 대가는 팔뚝 한 대였다.

"아야."

헬리는 과장되게 제 팔을 잡았다.

"아프게 때리지도 않았는데 엄살 부리지 마."

"진짜 아파. 뼈 부러진 거 같아."

"뼈가 부러졌으면 너 말도 제대로 못 해."

이제 골절상이나 타박상 정도야 훤하게 구분하는 베테랑이 된 수하는 코웃음을 치며 자리에서 일어났다. 벌써 단둘이 있는 시간이 끝인 건가. 그건 싫은데. 단박에 검은 눈이 아래로 축 처졌다.

"가려고?"

"아니, 차가운 거 마시려고. 여기 얼음 넣은 커피는 없나? 너 뭐 더 마실래?"

아. 아니구나. 헬리는 언제 서운해했냐는 듯 얼른 웃었다.

"디저트 없어? 단 거 먹자."

너는 단 것 먹고 힘내고, 나도 단 것 먹고 힘내고. 힘내서, 이번에는 마음 접을 필요 없이 한 번 서로 마주 보기라도 하자.

공주의 어머니였던 여왕이 다스리던 나라가 지금은 없는 걸 보면, 솔직히 이젠 공주든 기사든 그런 신분은 의미 없는 거 아닌가.

참혹한 살육의 현장에서도 몇 번이나 살아남은 소년의 가슴은 꿈으로 가득 부풀었다.

제 62 화

오토널 습격
part 1

레일건 마스터 트레나의 쌍둥이인 트리샤는, 여러모로 동생과 달랐다.

　외모는 쌍둥이라서 아주 똑같았지만, 머리 모양이나 즐겨 입는 옷차림, 그리고 즐기는 술 종류부터 선호하는 분위기와 취향까지 모든 게 다 달랐다.

　때로는 대립하기도 했고, 유능한 자매답게 서로 경쟁하기도 했지만 어쨌든 두 사람은 한배에서 태어나고 같은 피를 나눈 가족이다. 피가 터지게 싸우는 만큼 서로를 사랑하고 아꼈다. 남들이 보기엔 징그럽게 끈끈한 우애였다.

　그래서 트레나와 똑같으나 아주 깐깐하고, 화통한 구석이라곤 조금도 없는 행정관료에 가까운 트리샤는 불길한 느낌을 받자마자 그 즉시 자리를 박차고 일어났다.

레일건에 전화를 수십 번 걸었으나 받지 않는다면, 직접 가서 왜 받지 않았는지 확인하면 된다. 아니, 사실 트리샤는 예감하고 있었다.

"트레나가 죽었어."

"예에?"

그녀를 수행하던 뱀파이어는 그게 말이나 되냐는 표정을 지었지만 트리샤는 그냥 알았다.

그녀의 쾌활하고 대책 없으며 혼돈 그 자체인 아름다운 자매가 죽었다. 몸 한구석이 잘려나간 이 느낌은 아주 분명하게 그 사실을 알려왔다.

선팅을 짙게 한 검은 차는 햇볕을 가르며 나아갔다. 혹시 뱀파이어인 그녀가 햇볕에 다칠까 봐 안쪽 창문에도 가림막을 꼼꼼하게 걸어둔 참이었다. 트리샤는 낮에 움직이는 무모한 짓을 할 정도로 제정신이 아니었다.

"트레나가 죽었다고."

트레나를 죽일 수 있는 건 이 세상에 거의 존재하지 않았다.

그녀가 죽는다면 길고 긴 수명이 마침내 다해서 시간이 그녀를 죽였거나, 혹은 삶이 너무 재미가 없어져서 트레나 자신이 죽음을 선택했든가, 또는 자매의 강대한 주군인 다르단이 그 목숨을 거두기로 결정했다는 뜻이었다.

그 세 가지 외에는 없었다. 첫 번째는 불사인 뱀파이어에게 불가능했고, 두 번째는 트레나의 성격상 상상할 수 없었다. 세 번째는 다르단께서 지금 그런 결정을 할 이유가 없었다. 그래서 트리샤는 아무리 생각해도 이해할 수가 없었다.

도대체 왜, 어째서, 어떻게 동생이 죽었는가.

"저, 트리샤 님. 너무 미리 걱정하시는 것 같습니다. 아직 확인되지 않은 일 아닙니까."

"확인되지 않았다는 게 문제인 거야. 프린태니어가 언제부터 이렇게 조용했지?"

프린태니어에서 대답이 재깍 날아오지 않았던 날은 없었다. 그런 적은 한 번도 없었다. 그걸 알고 있던 뱀파이어는 입을 얌전히 다물었다.

트리샤는 까탈스럽고 피곤한 상사였지만, 신경이 날카롭다 해서 부하들을 쪼아댄 적은 없었다. 그런 그녀가 이렇게까지 예민하게 군다면 웬만하면 입을 다물고 몸을 사리고 있는 편이 나았다.

자동차는 국경을 넘어 아주 빠르게 프린태니어 시까지 질주했다.

"더 빨리 가."

프린태니어 시는 가까운 곳에 있어서 자동차로 반나절이면 얼마든지 왔다 갔다 할 수 있는 거리였지만 트리샤는 성에 차지 않았다.

그녀는 '지금 당장' 레일건 앞에 서 있길 원했다. 자동차는 그녀의 주문대로 더 속도를 높여 날아갔다.

☾

"하지 마."

수하는 그녀를 향한 각양각색의 눈동자 일곱 쌍을 보며 일단 경고부터 했다.

"오."

장난기가 가득한 지노가 입술을 동그랗게 오므렸다.

"너어는 특히 하지 마."

수하는 눈을 부릅떴다.

"나는 아무 말도 안 했는데."

저는 결백해요. 억울해라. 지노는 자신은 결백하다는 표정을 지으며 고개를 흔들었다. 그때 가만히 있던 노아가 끼어들었다.

"근데 궁금한 게 있는데, 너 공주면……."

"아악!"

결국 수하는 귀를 막으며 진저리를 쳤고, 헬리는 하하 웃으면서 노아의 입을 틀어막았다.

"수하가 민망하다잖아."

"아니, 사실이잖아, 읍."

공주님이라서 공주님을 공주님이라 했던 것인데 공주님을 공주님이라 부르지 않는다면 뭐라 할까요? 노아는 정말이지 억울했다.

"어으, 진짜 미쳤어."

하지만 어깨를 움츠린 수하는 소름이 돋은 팔뚝을 문지르며 부르르 떠는 중이었다.

저렇게 싫나? 솔론은 픽 웃으며 한가하게 몸을 등받이 의자에 기댔다.

그들은 지금 막, 헬리와 몹시 민망해하는 수하로부터 수하역시 같은 꿈을 꾸고 있었다는 얘기를 들은 참이었다.

"그렇게 싫냐?"

"좀 이상하단 말야!"

처음에 꿈을 꿨을 때는 베개를 실컷 두드려 패서 결국 사망 선고를 내린 전적이 있는 수하는 진심으로 질색했다.

"너네야말로 민망하고 이상하지도 않아? 어?"

드셀리스 아카데미 왕자님들이란 말을 하도 듣고 살아서 그런가, 뱀파이어 소년들은 그냥 그런가 보다, 하고 태평한 표정들이었다. 수하는 너무 부끄럽고 민망한데 말이다.

"뭐……, 차라리 잘됐다 싶은데."

솔론은 무심히 중얼거렸다. 아니, 저건 무심한 게 아니다. 함께 싸우고, 나누는 시간이 많다 보니 솔론이 저 정도면 꽤나 즐거운 거라는 것도 알게 됐다.

"하나도 안 보이고 뭔지도 모르던 때보다는 훨씬 명확해지고 깨끗해졌잖아. 안 그래?"

아, 명백한 정답이었다. 민망한 건 차치하고, 눈앞이 환하게 트이는 기분이긴 했다.

"수하 네가 뱀파이어가 아닌데도 이능력을 가지고 있는 이유도 설명이 되잖아."

그녀를 오랫동안 가장 고민하고 힘들게 만들었던 힘도 이젠 왜 가지고 있는지 이해할 수 있었다. 묵직하던 마음에서 뭔가가 굴러떨어지더니 흔적도 없이 사라졌다. 한결 가뿐했다.

"근데 그러면, 가만 있어 봐. 수하야."

부르는 소리에 고개를 들었다. 이안이 턱을 문지르며 심각하게 물었다.

"너 그럼, 혹시 우리와 다른 꿈을 더 봤을까 봐 묻는 건데. 또 다른 뱀파이어들을 봤어? 그러니까, 저번에 본 레일건 마스터나, 그 재상이나……."

"아냐. 쌍둥이랑 재상이 다야."

이안은 수하가 고개를 흔들며 대답하자 안도의 한숨인지 뭔지 모를 것을 내쉬었다.

"그래, 그럼 일단 다행이네. 일단은 우리가 상대해야 할 굵직한 적 중의 하나는 처리를 한 거잖아."

"그렇게 따지자면 남은 건 레일건 마스터의 쌍둥이랑 재상인가?"

자카가 하나하나 손가락을 꼽았다.

딱 둘. 하지만 둘에게 딸린 뱀파이어들의 숫자는 어마어마하겠지. 생각만 해도 막막하다.

"거기에 뭐가 더 없길 바라야지."

헬리가 딱딱하게 대답하다가, 멍하니 쿠션을 끌어안고 있는 시온에게로 시선을 돌렸다.

"시온?"

"아, 어?"

"왜 그래? 어디 안 좋아?"

최근 싸움에서 가장 큰 부상을 입었던 시온은 혈액팩 몇 개를 연거푸 들이켠 후에 경이로운 회복력을 보이고 있었지만, 그래도 여전히 걱정과 관심을 가득 받고 있었다.

당장 헬리의 질문에 수하를 포함한 일곱 쌍의 눈이 그를 걱정스럽게 바라보았다.

"들어가서 쉴래?"

"아니, 아니야."

시온은 그런 게 아니라며 고개를 흔들었다.

"난 괜찮아. 그냥……."

그는 쿠션에 턱을 꾹 눌렀다.

"원장선생님이 보육원에서 결국……, 돌아가셨구나, 싶어서."

아마 돌아가셨을 거라고 막연히 추측하던 것과 확인사살을 당하는 건 차원이 다르다.

그것도 원장선생님을, 그들에겐 부모나 다름없는 스승을, 죽인 사람 입으로 확인받는 건 정말 끔찍했다.

헬리가 트레나의 머릿속을 뒤진 뒤 사실이라고 한 번 더 못을 박았으니 어쩔 수 없었다. 그건 사실이다. 원장선생님은 그들을 지키다 돌아가셨다.

"난 이번에 꿈에서 선생님을 봐서, 조금 기대했나 봐."

이번에는 다시 만날 수 있을까? 레일건 마스터도 봤고, 재상도 봤으니 원장선생님도 어디엔가 살아 계시지 않을까? 사실은 그럴 가능성이 거의 없다는 걸 알면서도 헛된 희망을 품었다.

지노가 시온의 숱 많은 금발 머리카락을 툭툭 쓰다듬어주었다.

"다 끝나면 보육원으로 돌아가서 우리가 제대로 묻어드리자. 대충 손 보고 오긴 했는데, 그래도 가서 할 일이 많아."

시온은 쿠션에 아예 얼굴을 묻고 고개를 끄덕였다.

묵직해진 분위기에 수하는 바닥에 앉아서 가만히 생각했다.

그녀 역시 마지, 혹은 원장선생님이 죽었다는 게 몹시 애석했다. 꿈에서는 그녀가 아주 의지하는 스승이기도 했고, 현명한 존재였으며, 동시에……

"그 무서운 뱀파이어들을 제외하면 꿈이랑 지금이랑 이어지는 존재인데."

무의식적으로 중얼거리던 수하는 무심코 고개를 들다가 화들짝 놀랐다.

"아, 깜짝이야……!"

시온을 도닥여주는 줄 알았던 소년들이 죄다 그녀를 보고 있었기 때문이다.

"왜, 또 왜?"

"아니, 방금 한 말. 누굴 얘기하는 거야?"

이안의 질문에 수하는 눈동자를 도로록 굴렸다.

"어, 그러니까……."

"원장선생님?"

알면 뭐 하러 물어보냐. 이안이 물어봐 놓고 대답까지 하자 수하는 고개만 끄덕였다.

"그렇지, 맞아……. 솔직히 원장선생님은 다 알고 계시는 눈치였는데."

이안은 수하의 결론에 고개를 끄덕일 수밖에 없었다.

쌍둥이와 다르단을 제외하면 원장선생님이 꿈과 현실을 잇는 유일한 아군이었다. 돌아가셨으니 물어보고 싶은 건 많아도 못 물어본다는 게 문제지만.

"도대체 그 후에 무슨 일이 있었는지 알 수가 없어."

왜 그들은 다시 아이들로 돌아가서 과거인지 혹은 꿈인지를 깡그리 잊고 보육원에서 지냈던 건지, 그럼 공주였던 수하는 어떻게 된 건지 알 수가 없었다.

왜 수하와는 떨어져 있어야 했던 거지?

이안은 생각하면 생각할수록 머리가 터질 것 같아서 그냥 관둬버렸다. 지금 끙끙대봤자 더 알아낼 수 있는 건 이게 전부였다.

여기 있는 여덟 명은 생각보다 훨씬 깊게 연결되어 있고, 같은 과거를, 그래, 아마 과거를 공유하고 있다.

그리고 공동의 적을 반드시 꺾어야만 한다. 그러지 않는다면 그들이 죽는다.

"······그러니까 우리는 피할 수가 없는 거야."

솔론은 씁쓸하게 웃었다. 죽음을 피하기 위해, 혹은 아직 밝혀지지 않은 진실을 알아내기 위해 계속해서 전진, 오직 전진뿐이다.

"그래도 한 명 늘어서 다행이네."

진심으로 그들의 비밀을 공유할 사람이 늘어서 기뻤다. 솔론은 괜히 턱을 긁적거리다가 말했다.

"어쨌든 환영한다고 해야 하나."

"그럼 뭐 여태까지는 환영한 게 아니었단 말이야?"

그런 거였어? 수하가 '이놈 봐라' 하는 표정을 지었다.

"여태까지는 어쩌다 알게 되어서 합류한 '좋은' 친구고, 지금부터는 뭐, 공주님이냐?"

수하는 이젠 비명을 지르는 대신 시온이 안고 있던 쿠션을 빼앗아다 솔론에게 냅다 던졌다.

"와, 얘 이젠 사람을 막 때려."

"진짜 때리는 게 뭔지 알고 싶어?"

"아닙니다. 잘못했습니다."

야무진 주먹이 쓱 내밀어지자 솔론은 웃어버렸다.

과거에 점점 가까이 가는 것도 나쁘지만은 않다. 그런 거구나. 우리는 연결되어 있었던 거구나. 알게 되니 훨씬 마음이 홀가분했다.

아마 솔론만 그런 게 아닐 거다. 소년들은 이 와중에도 전부 표정이 밝았다.

"근데, 선샤인 애들은 뭐 해?"

"총을 분해해보고 있어. 나도 좀 가보려고."

시온이 바깥을 보며 묻자 자카가 자리에서 슥 일어나며 대답했다.

뱀파이어들에게서 탈취한 총은 보통 물건이 아닌 게 확실했다. 앞으로도 수도 없이 마주할 총인데 분해라도 해서 어딜 어떻게 강화한 건지 알아내야 했다. 다음 전투를 하나하나 착실히 준비해야 했다.

수하는 입술을 말고 가만히 생각하며 숨을 한 번 크게 내쉬었다.

"오토널에는 쌍둥이가 있는 거지?"

"모르지. 분명히 레일건 마스터가 어떻게 된 건지 지금쯤이면 알았을 텐데, 프린태니어 시에 갔을지도."

지노가 어깨를 으쓱거렸다.

"그 쌍둥이들은 좀……, 소름 끼치는 구석이 있었잖아. 지들끼리 연결되어 있다고 해야 하나?"

지노의 말에 당장 노아가 질색했다.

"으, 걔넨 늘 세트로 다녔어. 둘이 붙어 있으면, 와, 그걸 어떻게 잡냐."

"다행인 건 우리가 하나를 이미 잡았다는 거지."

팔짱을 끼고 있던 헬리가 중얼거렸다.

"그렇지. 둘을 한꺼번에 잡는 건 불가능한데 진짜……, 하나라도 잡은 게 어디야?"

말을 하던 시온은 옆구리가 쑤셔오는 기분에 미간을 찌푸렸다.

"근데 우리, 이걸 어떻게 다 알고 있지?"

꿈에서 쌍둥이 자매가 싸우는 방식이나 성격을 구체적으로 본 것도 아닌데, 그냥 알았다.

"하나를 기억하면 계속 떠오르기 시작하는 거겠지, 뭐. 난 복잡하게 생각하지 않을란다. 이미 겪고 있는 것만으로도 충분히 복잡해."

이안이 중얼거리며 바깥을 쳐다보았다. 아무래도 늑대인간 소년들이 총을 분해하고 있는 쪽이 궁금한 모양이었다.

"문제는 이걸 쟤네한테 어떻게 설명하냐는 건데……. 중요한 정보이니 공유를 안 할 수도 없고."

수하는 자신의 존엄성 문제와 정보, 그리고 늑대인간 소년들에 대해 생각하다가 그냥 포기했다. 공주니 어쩌니 하는 얘기를 다 알게 된다 해도 이젠 뭐 어쩔 수가 없었다.

그때 자카가 움찔거리며 고개를 홱 돌렸다.

"어, 왔다."

"뭐가?"

자카는 대답하는 대신 창문을 열고 아래에 있던 늑대인간 소년들에게 소리쳤다.

"신호가 잡혔어!"

순식간에 늑대인간 소년들이 뛰어 올라왔다. 갑자기 넓은 거실이 소년들로 꽉 찼다.

"뭐가, 어떻게 된 거야?"

엔지가 물으며 빠르게 거실 한쪽에 있던 모니터 앞에 앉았다.

"아……. 왔네."

모니터에는 그들이 레일건 마스터와 싸웠던 폐허가 보였다. 그 폐허 앞에 선 여자도 보였다.

"레일건 마스터잖아?"

타헬이 기겁을 하며 외쳤다.

"아니야. 쌍둥이야."

헬리는 고개를 저으며 정정했다. 지노가 완전히 불태워버린 곳에 혹시 몰라 카메라를 심어놓고 왔는데 역시나.

뱀파이어들이 그곳에 왔다.

제 63 화

오토널 습격
part 2

프린태니어 시에서 며칠간 레일건을 둘러싼 어마어마한 화재와 폭발은 매우 유명했다.

워낙 조용한 도시라서 그런지, 안 그래도 심심했던 이들이 시 외곽과 레일건에서 차례로 터진 일에 호기심을 드러내고 있었다.

하지만 시경은 가스폭발이라는 다소 심심한 이유를 원인으로 지목할 뿐이다.

사실은 그게 아니라는 걸 아는 몇 안 되는 이들 중 하나인 트리샤는 손을 덜덜 떨었다. 햇볕을 최대한 피하기 위해 온몸을 검은색으로 감싼 그녀는 장례식에 참석한 사람 같았다.

"시신은 시경 검시소에 보관되어 있다고 합니다. 문제가 생기기 전에 빠르게 빼돌리겠습니다."

혹시라도 보통 인간과 다른 뱀파이어의 특징이 바깥에 나오면 곤란하다. 검시관을 처치하고 일을 덮는 쪽으로 움직여야 했다.

트리샤는 일단 고개를 끄덕이면서도 처참한 광경 앞에서 말을 잇지 못했다.

"어떤……, 어떻게……, 누가……?"

"알아보는 중입니다."

"아니, 아니야."

트리샤는 부지런히 싸움의 흔적을 읽었다. 땅을 갈아엎다시피 해서 지워진 흔적이지만, 그래도 급하게 정리된 터라 남아 있는 흔적들이 있었다.

'이건 정예들의 흔적인데?'

이상하다. 트리샤는 검게 탄 바닥을 보며 미간을 좁혔다. 곳곳에 그녀도 아주 잘 아는 뱀파이어 정예부대의 흔적이 보였다.

'……그렇다면 더 문제잖아.'

뒷덜미가 싸늘했다. 정예부대까지 투입되었는데 뱀파이어들이 살아 있는 흔적이라곤 조금도 없다고? 도대체 일이 어떻게 돌아가는 거야?

"살아 있는 이가 아무도 없나?"

적어도 그녀의 동생, 트레나만은 살아 있어야 했다. 그녀는 충분히 살아 있을 능력이 있는 사람이었고, 트리샤는 동생을 아주 잘 알았다. 정예들이 싸그리 전멸한다고 해도 트레나는 어떻게든 악착같이 살아남을 거였다.

쌍둥이 자매는 여태까지 그렇게 다르단의 곁을 지켰고, 그렇게 뱀파이어 세력을 늘려나갔다.

"레일건은?"

"그곳 역시……."

트리샤는 불에 타서 반쯤 무너진 3층 건물을 노려보다가 돌아섰다.

"여기, 샅샅이 수색해서 뭐가 나오는지 찾아봐. 레일건으로 간다."

"예."

잿더미를 뒤적이는 데 시간을 쓸 만큼 한가한 사람이 아니었던 트리샤는 빠르게 이동했다. 그리고 똑같은 광경을 또 보았다. 불에 타고, 반파되어버린 오래된 술집 레일건에는 예전의 반짝거리던 흔적을 전혀 찾아볼 수가 없었다.

"주변을 다 수색해."

트레나가, 동생이 죽었다. 무슨 일이 생겼다는 건 알고 있었지만, 직접 눈으로 보기 시작하자 믿고 싶지가 않아졌다.

인간의 수명과는 비교도 되지 않을 만큼 긴 시간을 살아온 동생은 어떤 압도적인 힘에 의해 죽었다. 아니, 정말 죽었을까? 죽음에 가까운 치명상을 입고도 살아서 언니의 도움을 기다리는 거 아닐까?

찾아내면 마구 비웃어줄 자신이 있었다. 그게 자매간의 우애가 아니겠는가.

"뭐가 나오든 하나도 놓치지 말고."

혹은 시신이라도 수습해주는 게 우애였다.

트리샤는 고개를 떨어트렸다. 잔뜩 젖은 잿더미를 뒤적여봤자 나오는 건 아무것도 없을 거다. 알고 있었다. 트레나는 죽었다. 몇 번이고 스스로에게 반복해서 말해야 수년 후에나 겨우 납득할 사실이었다.

"이게 어떻게 된 일인지……"

트리샤는 말을 제대로 잇지 못했다. 다르단에게 보고해야 하고, 정예부대가 얼마나 차출되어 얼마나 여기에 투입되었는지, 뭐 때문에 그런 건지 다 알아내야 했다.

오토널에서 하던 일을 전부 멈추고 온 트리샤는 망연자실하게 무너진 레일건을 바라보았다.

그리고 그녀를 멀리서 작은 카메라가 비추고 있었다.

☾

"자, 이쪽이 바로 우리의 새로운 적이야."

자카가 스크린을 툭 쳤다.

"우와, 똑같이 생겼어."

또 똑같이 생긴 적이라니. 저번 싸움에서 얻은 부상은 분명
히 빠르게 회복되고 있는데도 쑤시는 느낌이다. 나자크는 질
색했다. 하긴 어떤 적이 새로 나타난다고 해도 그는 공평하게
또 똑같이 질색하며 짜증을 낼 성격이었다.

"쌍둥이야. 이쪽이 언니. 저번에 죽인 쪽이 동생."

이런 정보야 헬리가 죽은 트레나의 머릿속을 샅샅이 뒤져
알아낸 것이기 때문에 늑대인간 소년들도 이미 공유받은 바
있었다.

자카는 레일건과 프린태니어 시 외곽, 전투 장소에 심어놨던
소형카메라가 톡톡히 일을 해낸 결과물을 보고 잠시 팔짱을
꼈다.

"레일건 마스터 트레나에 따르자면, 정확하게는 그 여자의 머릿속을 들여다본 결과로는, 이쪽의 이름은 트리샤. 우리가 이제 가야 하는 오토널 시의 시청에 있어."

"바꿔 말하자면 시청은 뱀파이어들이 다 장악했다는 얘기군."

카밀이 결론을 내리자 자카는 고개를 끄덕였다.

"시장은 인간인데, 그 시장을 바로 이 트리샤가 조종하나 봐."

딱히 놀랍지도 않은 이야기였다. 늑대인간 중에서도 동족을 배신하고 뱀파이어에게 붙은 놈들이 있는데, 인간이라면 더더욱 뱀파이어의 편이 되기 쉬웠다. 적당한 회유와 무시무시한 협박이면 충분하다. 늑대인간 소년들은 실제로 그런 인간들을 꽤 보았다.

"지금 트리샤는 프린태니어 시에 있어. 아예 다 수습을 하고 가려는 모양이야. 반면에 우리는 오토널 시에 근접해 있지."

"……수습을 다 하려면 시간이 걸리겠지?"

엔지의 중얼거림에 칸이 고개를 끄덕였다.

"시신 확인하고 옮기려면 적어도 이틀은 걸릴걸? 원래 행정이란 게 느리기 마련이잖아."

더구나 소년들은 착실하게 불을 낸 뒤 다 탄 걸 확인한 후 경찰을 부르는 것까지 잊지 않아서 사안이 상당히 커진 상태였다.

뱀파이어들은 그 습성대로 적당히 어둠 속에서 살길 원하니, 이 일을 조용히 수습하려면 애 좀 먹을 거다. 아, 물론 당연히 애먹으라고 한 짓이었다.

"그렇지만 반응이 너무 빠른데. 분명히 휴대폰은 우리가 다 확인했잖아. 따로 걸린 전화는 없는데, 어떻게 알고 바로 온 거지?"

가만히 듣고 있던 루슬란이 물었다.

트리샤의 반응속도가 빨라도 너무 빨랐다. 헬리는 그 말에 대답을 할까 말까 고민하다가 결국 입을 열었다.

"쌍둥이끼리 유대가 남다르더라고."

헬리의 기억에 의하면, 그 쌍둥이들은 처음부터 그랬다. 그래서 둘을 한 몸처럼 쓸 수 있어서 재상이 거둬들였다. 저들끼리 으르렁거리는 건 서로의 경쟁심을 자극해서 더 좋은 결과를 끌어올릴 수 있으니 더 이득이라나. 헬리가 보기엔 아군끼리 경쟁하는 건 정말 쓸데없는 일이지만 말이다.

"무슨 일이 생기면 바로 안다는 거야? 그것도 이능력인가?"

"이능력이라기보단 본능인 모양이야. 나도 별로 이해하고 싶지 않아."

헬리라고 뱀파이어들을 이해하고 싶은 건 결코 아니었다. 그가 고개를 가로젓는 사이, 타헬이 아, 하고 손뼉을 쳤다.

"아, 쌍둥이들끼리는 유대감이 강해서 서로의 죽음을 바로 알아차린다고 그러잖아? 나 티브이에서 봤어."

"그래, 그런 거."

"그럼, 뭐 그렇다 치고. 이게 기회이긴 한데, 어쩌지?"

아니, 기회이긴 하나? 칸은 미간을 찌푸리며 생각에 잠겼다.

트리샤가 떠난 사이 오토널 시 시청을 급습하는 방법도 있지만, 그건 하필 '시청'이라 인간들이 얽힐 가능성도 크고 또 그만큼 위험했다.

하지만 트리샤가 돌아온다면? 돌아오면 돌아오는 대로 골치가 아프다.

"일단 시청부터 살펴보자. 어쨌든 쳐들어가야 하는 거잖아. 저번처럼 오는 걸 기다렸다가 당하는 것보다야 우리가 가는 게 낫지."

그 말에는 모두가 동의했다. 방어를 하는 건 당분간 사양이었다.

"계속 오토널 시 시청에 뱀파이어들이 얼마나 있는지, 규모가 어느 정도인지 확실하게 확인하고……. 시간은 없지만 최선을 다해봐야지. 총은 어때?"

다행이라고 해야 하나. 그들에겐 정예 뱀파이어 부대를 털어온 전리품이 있었다. 그 무기들을 분석하면 다음 습격에 상당한 도움이 될 것이다.

"잘하면 응용해서 우리가 써먹을 수도 있을 것 같아. 시간이 더 있었으면 탄환을 마늘이나 은으로 바꿀 수 있었을 텐데, 그럴 정도의 시간은 없어서."

엔지가 아쉽다는 듯 중얼거렸다.

"어쨌든 인간이 아니라 늑대인간들을 잡으려고 만들어진 총이잖아. 바꿔 말하자면, 그 정도의 근력과 회복력을 가진 존재는 총으로 제압이 가능하다는 거지. 뱀파이어들한테도 상당히 치명적인 무기야."

"그거야말로 듣던 중 반가운 소리네."

마한이 사납게 웃었다. 증오스러운 뱀파이어들이 휘두르는 무기에 그놈들이 도리어 당하는 꼴을 보는 것만큼 통쾌한 일도 없을 거다.

"총이야 충분히 가져왔으니까 초반에는 상당히 잘 써먹을 수 있어. 사격이야, 뭐……. 여기 있는 사람 중에 사격 못 하는 사람은 손에 꼽을 거고."

배우면 웬만한 건 다 평균 이상으로 잘하는 소년들은 특히 전투 감각이 아주 뛰어났다. 그러니 명중률에 대해서는 엔지도 걱정하지 않았다.

"시청을 살펴본 후에 어떻게 해야 할지 결정해도 늦지 않아."

어차피 그때는 뭐가 되었든 간에 결정을 내려야 할 거다. 소년들과 수하에겐 허락된 시간이 별로 없었다.

"헬리. 잠깐 나 좀 보자."

칸이 헬리에게 고개를 까딱이며 바깥으로 나오라는 몸짓을 했다. 어차피 두 사람은 계속 리더 역할을 해왔으니 따로 이야기할 일들이 많았다.

동생들이 저들끼리 시청을 살필 사람들을 뽑는 걸 보며 헬리가 그를 따라 나갔다.

"뭐, 언제 얘기해줄지는 모르겠지만 네 성격에 언젠간 얘기해줄 거라고 생각하는데."

뭐가 많이 함축된 갑작스러운 이야기지만 헬리는 용케 알아듣고 웃었다. 수하와 뱀파이어 소년들이 나누었던 이야기를 칸도 어느 정도는 눈치채고 있는 것이다.

하긴 전투할 때 1층에서 트레나가 떠들어대던 걸 들은 늑대인간 소년들은 다 '뭔가가 있구나'라고 짐작은 하고 있을 거다. 그저, 모두가 각자의 사연을 가지고 있으니 일부러 캐묻지 않을 뿐이다.

"응. 지금은 좀 말하기가 그래. 네가 짐작하고 있는 게 맞고……, 우리도 사실 다 알지는 못해서 답답한데, 섣불리 이야기했다가 오해할까 봐 말을 조심하고 있어."

"오해는 무슨……, 옆구리까지 뚫려가면서 싸웠는데 우리가 설마 너희가 그쪽 뱀파이어들이랑 한통속이라고 생각하겠냐?"

칸은 헬리가 뭘 걱정하는지 잘 알았다.

"그렇게 생각해주면 고맙고, 솔직히 우리도 전부 그놈들이 늑대인간들한테 한 짓을 용납할 수가 없어. 우리……, 우리를 키워준 원장선생님한테도 똑같은 짓을 했으니까."

"그럼 그걸로 우리는 공동의 원수를 가지게 된 거니까 됐어. 너무 복잡하게 생각하지 마. 지금 이렇게 된 것만으로도 충분히 복잡해."

분명히 이때쯤이면 다음 시즌 나이트볼 리그를 준비하며 땀을 흘리고 있을 거라고 생각했는데, 어쩌다가 리버필드 시에서 멀리 떨어진 이곳까지 왔을까?

칸은 잠깐 리버필드 시의 아름다운 나이트볼 구장과 자유로운 선샤인 시티 스쿨을 떠올렸다. 그러곤 다시 삭막한 오토널 시의 쓸데없이 웅장한 시청 건물을 떠올렸다.

"급습이 낫겠냐?"

듣고 있던 헬리가 가볍게 고개를 끄덕였다.

"훨씬 낫지. 경찰이 출동하지 않는다는 조건 하에."

"말이야 쉽지, 시청인데……."

"뱀파이어들의 습성을 알잖아. 분명히 그 뒤에 뱀파이어끼리만 다니는 공간을 만들어놨을 거야. 게다가 하나 더 걸리는 게 있는데."

"뭔데. 아, 그런 건 좀 회의할 때 재깍재깍 꺼내놔라."

쟨 무슨 생각이 그렇게 많아? 칸은 머리카락을 쓸어올리며 얼굴을 찌푸렸다.

그래도 저놈은 원래 저런 놈이라고 납득하는 자신을 보면, 아무래도 그도 헬리의 성격에 많이 익숙해진 모양이다. 잘 알아놨다가 나중에 나이트볼로 한판 붙을 때 잘 써먹어 줘야지.

"그 시청, 지어진 지 꽤 오래된 건물이야. 짐작일 뿐이지만,

아예 기초를 쌓을 때부터 뱀파이어들이 관여했을 가능성이 있어."

"그럼 지하에 있을 거다?"

"뱀파이어잖아. 햇빛은 싫어하고, 지독하게 창백하지."

"누가 들으면 너는 아닌 줄 알겠다, 뱀파이어 소년?"

"나는 햇빛을 좋아하고 그리 병적으로 창백하지도 않아, 늑대인간 소년."

칸은 픽 웃다가 말았다.

"지하라. 까다롭네."

"그래서 아까 말을 안 했어. 지하로 들어가서 살펴봐야 한다면……."

헬리는 미간을 찌푸리고 입을 다물었다. 그의 말을 칸이 대신 받았다.

"수하가 가겠다고 하겠지."

가장 효율적이고 뛰어난 정찰꾼, 안개로 변해서 사방을 소리와 기척, 그리고 아무런 제한 없이 쏘다닐 수 있는 존재. 수하는 기꺼이 자원할 거다.

"저번 싸움 때 상당히 실력이 발전한 거 같던데, 그래도 말릴 거야?"

"웬만하면."

"'웬만하면'이 아니라 끝까지 말리겠지. 보통 힘을 가진 게 아닌 것 같던데."

"그럼 네가 수하더러 가보라고 하지 그랬어?"

지하 이야기가 없어도, 어쨌든 여기 있는 사람 중 정찰을 하기에 가장 적합한 사람이 바로 수하다.

"나도 말 안 해."

"거 봐."

헬리는 심란한 얼굴을 하며 팔짱을 꼈다. 그는 잠시 침묵하다가 다시 고개를 들었다.

"나랑 수하가 같이 가는 게 낫겠어."

칸은 놀랍지도 않다는 표정으로 픽 웃었다.

"그래, 네가 그렇게 말할 줄 알았다. ······짜증 나."

"뭐가?"

"네가 그런 말을 할 줄 알았다는 게 짜증 난다고. 이 재수 없는 뱀파이어야."

예전에도 들었던 욕이지만 헬리는 픽 웃었다. 그 욕에 전우애와 우정이란 게 듬뿍 담겼다는 걸 잘 알았기 때문이다.

제 64 화

오토널 습격
part 3

잠시 트리샤가 비운 시청은 낮에는 인간들로 분주하게 돌아가고, 밤에는 뱀파이어들의 소굴이 따로 없었다.

"얘넨 또 전화는 쓸 줄 알아요, 에휴……."

전자기기랑 친하지 않으면 아예 쓰지 말든가. 자카는 뱀파이어들의 어설픈 전자기기 의존에 대해 투덜거리면서 노트북을 두드렸다. 그는 시청의 기본적인 전산 시스템을 들여다보고 있었다.

"그래도 레일건보다는 낫잖아."

옆에 있던 루슬란의 말에 자카가 크게 고개를 끄덕였다. 레일건에 비하면 양반이지!

"거긴 전신이라고 할 게 없었어. 저언혀."

"여긴 있긴 하다는 얘기네. 상태가 어때?"

으음. 자카는 미간을 찌푸리다가 한숨을 쉬며 몸을 뒤로 젖혔다. 별것 없다는 뜻이다.

"정전은 시킬 수 있는데, 솔직히 추천은 안 해. 그거야말로 놈들한테 날뛰라고 자리 깔아주는 거니까. 해킹을 해도 할 수 있는 게 별로 없어."

"방화벽 작동은?"

그건 가능했다. 수틀리면 짧게나마 방화벽을 다 내려서 뱀파이어들을 잠시 가둬놓거나 공격을 차단할 수 있었다.

"스프링클러까지도 조절 가능해. 물이라도 좀 뿌려줘?"

"더우면 부탁할게."

루슬란은 픽 웃으며 대답했다. 물을 좀 뿌려대는 걸로 도움을 받을 수 있을 리가 없었기 때문에, 결과적으로 있으나 마나한 도움이었다.

"아직까지 트리샤인지, 그 여자가 돌아오지 않은 거 확실하지?"

그의 물음에 자카가 고개를 끄덕였다.

"24시간 감시 중이야. 아직 돌아오지 않은 게 확실해. 아직까지 레일건이나 우리가 싸운 곳에 있는 카메라에 뱀파이어들이 왔다 갔다 하는 게 보여."

"어디? 어, 진짜네. 쟤네 저기에서 뭐 건질 것도 없는데 뭐 하러 저러고 있대?"

"은침 수거 안 한 거에 다치기도 하더라고. 가만 보면 재미있 어."

"좀 줘봐. 나 계속 볼래."

재미있어 하는 루슬란에게 노트북을 통째로 넘긴 자카는 볼 게 사라지자 엔지 쪽으로 고개를 넘겼다.

"도와줘?"

"여긴 이미 손이 충분해."

노아와 시온이 엔지의 곁에서 이번에 가져온 탄환을 차곡차 곡 정리하고 있었다. 자카는 그 모습을 보며 한숨을 쉬었다.

"총을 쏘기 시작하면 분명히 소리를 듣고 경찰에 신고할 텐 데."

지금 루슬란이 들여다보고 있던 저번 싸움터는 프린태니어 시에서 꽤 떨어진 곳이라 그나마 듣는 사람이 없었지만, 시청 에서 총소리라면 대번에 난리가 날 거다.

"뭐 어쩔 수 없지. 우리가 지금 이것저것 가릴 상황이 아니 잖아. 게다가 분명히 그 시청에 잡혀 온 늑대인간들도 있을 거 야. 그쪽도 구출해야 하니까 우리 쪽에서도 총을 쏠 수밖에 없어."

시온이 빠르게 탄환을 정리하며 중얼거리다, 이쪽을 보는 루슬란과 엔지, 그리고 나자크를 마주 보았다. 얘네 왜 쳐다봐?

"……왜? 내 얼굴에 뭐 묻었냐? 야, 노아야, 뭐 묻었어?"

노아는 시온의 뽀얀 얼굴을 보더니 고개를 흔들었다. 근데 저놈들은 왜 이상한 사람 보듯 쳐다봐?

"아니……, 우리 말고 뱀파이어가 당연히 늑대인간 구출을 생각한다는 게 엄청나게 어색해서 그러지."

나자크가 더듬더듬 말했다.

"뭐래. 누가 들으면 에스티발 시 물류창고에서 우리는 손 놓고 있고 너희가 죄다 잡혀 있던 사람들 구출해서 나온 줄 알겠다?"

시온은 심드렁하게 대답하며 잘 정리한 탄환 상자를 따로 뒀다. 이쯤이면 한 사람이 충분히 잘 쓸 수 있는 물량이다.

"그 안에 분명히 늑대인간들이 엄청나게 붙잡혀 있을 거야. 구출할 작전이나 생각해."

하지만 돌아오는 대답은 없었다. 뭐야, 얘네 진짜 왜 이래? 시온은 다시 고개를 들어 한소리를 하려다가 말았다. 뜻밖에도 늑대인간 소년들의 표정이 몹시 어두웠기 때문이다.

"······의외로 없을 수도 있어."

"뭐야, 그게 무슨 소리야?"

거기에 많은 늑대인간이 포로로 잡혀 있을 텐데? 시온은 이해할 수가 없었다.

"오토널을 거쳐서 히버널인가 하는 곳으로 간다고 하니까 있을 수는 있는데······. 보통 거리가 이쯤이면, 여기에서 많이 죽어. 계속 끌려다니느라 체력이 다하거나, 병에 걸리거나, 아니면 여기에서도······."

에스티발 시에서부터 오토널까지의 거리를 가늠하던 엔지는 힘들게 말을 이었다.

"실험대상이 되었을 수도 있고."

시온은 그 말에 할 말을 잃었다.

"우리가 들어가서 뭘 볼지, 아무것도 예상할 수 없어."

엔지는 고개를 저었다.

"단지 살아 있는 사람이 있으면 최선을 다해 구할 뿐인 거지. 그것보다 더 중요한 건 우리가 살아남는 기고."

말을 잃은 시온의 곁에서 가만히 듣고 있던 노아가 물었다.

"계속 그렇게 살아왔던 거구나?"

구해야 할 동족이 없었던 뱀파이어 소년들에겐 생각해보지 않았던 처절한 방식이었다.

"뭐, 우리나 너희나 똑같이 살아왔던 거 같은데?"

나자크가 픽 웃으며 대답했다.

"그건 그래."

노아는 고개를 끄덕이며 말을 정정했다.

"살아 있는 늑대인간이 있다면 꼭 구하자."

뱀파이어들이 늑대인간의 피에 집착하는 이유가 결국 공주가 마셨던 고대 늑대신 바르그의 피 때문이란 걸 안 이상, 이 역시 뱀파이어 소년들의 일이기도 했다.

☾

트레나는 죽었다. 숯덩이가 된 시신 사이에서 트레나의 시신이 나오지는 않았지만, 참혹한 정예 뱀파이어들의 시신을 모조리 검시소에서 빼내며 트리샤는 한 번 더 중얼거려보았다.

동생이 죽었다.

뒤늦게 찾아온 감정은 슬픔이나 분노가 아닌, 섬뜩한 공포였다. 트레나가 죽었다면 트리샤도 죽일 수 있는 존재가 어딘가에 있다는 얘기다. 정예 뱀파이어들을 끌고 와서도 못 죽였다.

'그렇다면 분명히 다르단 님도 아시는 일일 텐데……?'

트리샤는 트레나와 나누었던 마지막 대화를 분명히 기억했다. 동생은 그녀에게 전화해서 다르단 님이 어디 계시냐고 공격적으로 물었고, 동생에겐 공로 따위 전혀 빼앗길 생각이 없었던 트리샤는 늘 그랬듯 불친절하게 대답했다.

어차피 그녀가 말해주지 않아도 동생이 알아서 다르단 님을 찾아갈 거라는 사실을 알았다. 트리샤는 눈을 잠시 꾹 눌러 감았다.

'보고를 드려야겠네.'

대충 생각이나 해보자.

'다르단 님께, 제 바보 같은 동생이 다르단 님이 내어주신 정예들과 함께 죽었습니다. 살아남은 사람은 없습니다.'

머릿속으로 굴려 보니 보고하기도 싫을 만큼 끔찍한 내용이라 저절로 미간이 찌푸려졌다. 차라리 죽은 트레나가 부러울 지경이다.

이 일에 다르단이 어떻게 반응할지 상상도 하기 싫었다. 그의 차가운 분노는 마주했다간 숨을 쉬기도 힘들 지경이어서, 트리샤는 순식간에 마음속에 돌덩어리가 잔뜩 얹힌 기분이

들었다.

더구나 보고를 하려면 다르단에게는 직접 찾아가야 했다. 그가 있는 히버널, 버려진 옛 왕국의 수도까지 가서 그를 직접 대면해야 했다. 그냥 전화로 보고를 미리 올릴 수 있다면 차라리 날것 그대로의 분노를 마주하는 일은 없을 텐데 말이다.

생각하니 벌써부터 안 그래도 차갑던 손이 더 차가워지고 땀이 뱄다.

"뭐 때문에 이 꼴이 났는지 아직도 몰라?"

"흔적이 다 불에 타서⋯⋯."

분명히 다르단은, 정예를 내어준 다르단은 이유를 알고 있을 거다. 정예를 왜 내어줬겠나, 그만한 가치가 있는 적이 있으니 내어줬겠지. 그렇다면 그 적이 정예와 트레나를 궤멸시켰다고 보는 게 타당했다.

트리샤는 일단 동생의 죽음은 밀어두고, 다르단의 분노를 최소화할 보고 방식을 쥐어짜내기 시작했다.

다르단도 알고 있는 적에 대해 트리샤가 모른다면 안 될 일이다. 그녀는 온갖 가능성을 두고 생각하기 시작했다.

이럴 때는 아무것도 공유해주지 않은 동생이 참 짜증 났다. 물론 트리샤도 동생에게 아무것도 공유해주지 않을 때가 대

부분이었지만, 사람은 원래 자신에게는 늘 관대한 법이다.

🌙

야구 모자를 푹 눌러쓴 소년 몇 명이 시청 로비를 걸어 다녔지만, 워낙 별의별 사람들이 시청에 볼일이 있는 터라 누구도 신경 쓰지 않았다.

소년 중에 늑대인간은 아무도 없었다. 예민한 뱀파이어들이 알아차릴지도 모르기 때문이다.

게다가 무엇보다 늑대인간을 무력화시키는 그놈의 향이 있는지 없는지부터 살펴야 했다. 그나마 시청이 오토널 시 관광 명소에 해당해서 다행이다.

뱀파이어들은?
아직 낮이잖아. 없어.

헬리는 돌아오는 솔론의 대답에 수하의 손을 고쳐 쥐었다.

겉으로 보기엔 풋풋한 학생 커플로 보이는 두 사람이지만, 사실 헬리는 지금 하지 않던 짓을 하고 있었다. 원장선생님이 절대로 해선 안 된다고 한, 사람들의 의식을 허락도 없이 읽는 짓을 하고 있는 중이다. 누가 뱀파이어의 끄나풀 노릇을 하고 있는지 모르는 이상, 어쩔 수 없었다.

'집중해야지.'

수하는 그녀의 손을 단단히 깍지 껴서 잡고 있는 헬리를 절대로 의식하지 않으려고 애썼다.

사실 지금은 그럴 때가 아니었다. 그들은 엄밀히 잠입 중이었고, 여기에서 수틀리면 그대로 밀고 들어가야 한다는 결론까지 내린 후였다. 곧 싸우게 될 가능성이 무척 크니 여기에서 이런 사소한 것에 마음을 빼앗기면 안 된다. 안 되는데 말이다……

'손 엄청 커.'

크고, 단단하고, 그러면서도 따뜻했다. 게다가 왜 하필 깍지를 당연하다는 듯이 낀단 말인가.

'이거 사심이지? 맞지?'

꿈속의 헬리나 지금의 헬리나 그런 면에서는 똑같다. 공주에게 차마 표현하지 못한 마음을 그렇다고 접지도 않았다. 지금 헬리는 기다리겠다고 하면서도 수하에게 표현하는 건 멈추질 않는다. 아니, 어쩌면 그녀가 혼자서 설레발을 떠는 걸 수도 있다.

수하는 고개를 들어 헬리를 힐끔 바라보았다. 그는 살짝 미간을 좁히고 사람들을 이리저리 살피느라 바빴다.

'……내 설레발이지.'

그냥 다른 사람에게 집중해야 해서 수하는 잘 지킬 수 없을까 봐 일단 꽉 붙잡아놓는 게 분명했다.

헬리는 존재 자체가 유죄다. 이 긴장되는 순간에 혼자 괜히 설레다니, 정신 차려야지.

수하는 괜히 주변을 살폈다. 어디서 뱀파이어가 튀어나올지 모른다.

"수하야, 이쪽으로."

"아, 응."

헬리가 그녀를 로비에서 시청 안쪽으로 데려갔다. 수하는 바짝 긴장하며 그를 따라갔다. 체격 좋은 경비원이 제복을 입은 채 돌아다니고, 안쪽에는 원형으로 뱅글뱅글 도는 계단이 각각 위층과 아래층을 향해 뻗어 있었다. 헬리는 주저하지 않고 아래층으로 걸어 내려갔다.

'경비원이 입구에 하나, 1층에 돌아다니는 사람 하나, 또 여기도 분명히 있겠지?'

열심히 헤아리며 나중에 안개가 되어 어디부터 뒤질지 헤아리고 있던 참이었다. 헬리가 갑자기 그녀를 휙 잡아다가 움푹하게 패인 벽감 안으로 집어넣었다. 그러면서도 등은 안전하게 감싸서 벽과 부딪치지 않게 했다.

갑자기 왜 이러는 거지? 설마 뱀파이어인가? 수하가 당장 공격할 태세를 갖추려는데 모자챙 아래로 장난스럽게 반짝이는 헬리의 눈이 들어왔다.

그는 똑바로 그녀를 보며 웃고 있었다.

"어, 학생들, 데이트하려면 저쪽으로 가야지, 여긴 안 돼."

"왜 그래, 좋을 때잖아. 내버려 둬."

시청직원들이 한소리를 하며 지나갔다. 아, 저 사람들 때문이구나. 수하는 소리 없이 한숨을 쉬었다. 그런데 사람이 지나갔는데도 헬리는 움직일 생각을 안 했다.

"······뭐 해?"

"뭐 하긴, 우리 데이트하는 중이잖아."

얘가 원래부터 이렇게 컨셉에 충실했던가. 수하는 바짝 다가오는 단단한 품에 뒤로 물러나려고 했지만, 유감스럽게도 물러날 곳이 없었다.

"우리 할 일 있잖아."

"응. 데이트. 돌아갈 때 아이스크림 먹을까?"

그의 눈이 화사하게 휘었다. 눈앞이 아찔해진 그녀가 중얼거렸다.

"헬리야, 우리 정신 차리자, 제발……."

네가 이러면 나는, 나는 너무 힘들단 말이다! 수하는 정신이 혼미해지려 해서 속으로 울부짖었다. 얘가 갑자기 왜 이래! 왜 얼굴로 공격하는 건데!

"정신을 차리고 있어. 그런데 요즘 일이 하도 많아서 네가 날 자꾸 까먹는 거 같아."

"안 까먹, 까먹지 않았어."

수하는 목소리가 높아지려고 해서 다시 가다듬은 뒤 침착하게 말했다. 너 같으면 널 까먹겠냐! 몹시 억울했다.

"거짓말."

"거짓말은 무슨, 야, 좀 놔봐. 더 내려가 봐야 하잖아."

"아무도 없어. 말 돌리지 말고 나 봐. 아이스크림 싫어? 그럼 다른 거 먹으러 갈래?"

엄마야. 수하는 만난 지 너무 오래된 엄마에게 물어보고 싶었다.

저 시무룩하게 처진 눈이 갑자기 왜, 왜 이 무서운 곳에서 이러는 걸까요? 남자애들은 이해할 수가 없어요. 신경을 쓰고 있냐니, 저 얼굴 가지고 어떻게 저런 질문을 해요? 당연히 신경 쓰지! 엄청나게 신경 쓰지!

하지만 헬리의 표정은 어딘가 진지하다 못해 절박해 보였다. 뭔가를 걱정하고 있는 것도 같았다.

"시간 있단 말이야. 조금은 있어."

꿈을 많이 꿀수록 기억은 선명해지고, 잊었던 기억도 되살아난다. 헬리는 공주를 보던 다르단의 눈빛을 아무래도 잊을 수가 없었다.

"둘이서만 이렇게 다닐 수 있는 시간이 조금은 있다고."

볼멘소리에 수하의 눈은 저절로 잡고 있는 손으로 내려갔다. 헬리는 각이 진 손으로 그녀의 손을 꽉 잡고 있었다.

"……나 잊어버리지 좀 마."

그게 꼭 초조해하다가 결국 터진 목소리 같아서 수하는 쉽게 대답할 수 없었다.

헬리는 그녀가 아는 그냥 고등학생이자 뱀파이어 소년이 아니라, 말괄량이 공주를 쫓아다니면서 마음은 티도 내지 못했던 기사의 눈을 하고 있었다.

수하는 그때도 무심했고, 지금도 다른 데만 보는 건 똑같다.

정신이 아무리 없다고 해도 헬리는 그냥 넘어갈 생각이 없었다. 더구나 신분 차이로 인해 입을 다물고 아무것도 못 하던 그때처럼 똑같이 할 생각은, 더더욱 없었다.

제 65 화

오토널 습격
part 4

"잊어버린 적 없어."

수하는 조심스럽지만 분명하게 말했다. 한 번도 초조하거나 걱정하는 기색을 내보이지 않았던 헬리가 갑자기 이러는 이유가 있을 거다.

싸우고, 정신없이 이동하는 사이에 모자란 쪽잠을 자고, 또 싸우고, 또 이동하길 반복한지라 그사이 헬리와 이야기를 할 시간이 없었던 건 사실이다.

하지만 그렇다 해서 멀어지기는커녕, 더 가까워지고 사이가 돈독해졌다고 생각했는데 헬리는 아닌 걸까? 그래, 아니었나 보다.

"갑자기 왜 그래? 무섭고 불안해? 우리 여태까지 잘해왔잖아."

"그게 아니라……."

분명히 헤어졌을 거다. 수하가 공주이던 때와 그들이 보육원에서 다시 눈을 떴을 때, 그사이에 벌어진 일은 모르지만 그들은 분명히 헤어졌다. 그렇게 마음에 품고 놓는 방법을 몰라서 어쩌질 못했으면서 결국 그녀를 놓친 거다.

아마 높은 확률로 뱀파이어들, 그리고 그 정점에 있는 재상 다르단 때문이겠지.

점점 그놈에게 가까이 갈수록 불안해졌다.

이번엔 지킬 수 있을까? 이번엔 형제들과 함께 살아남을 수 있을까?

모른다. 언제나 가능성은 미약했고, 희망을 억지로 다독이며 가던 삶이니 아무도 장담할 수 없었다.

'선샤인시티 애들과 함께 온 건 예상 밖의 일이지만.'

그래, 늑대인간 소년들은 큰 도움이 된다. 원장선생님이 남겨준 검도 엄청난 힘이 되었다.

이번엔 할 수 있을 거야, 긍정적으로 생각하다가도 갑자기 기분이 곤두박질친다.

'재상을 꺾으면 다 끝날까?'

아마도.

'그 후에, 우리는 어떻게 되는 거지?'

정확하게는 수하와 그의 사이 말이다.

수하는 이제 슬슬 다른 곳을 보고 있었다. 그냥 '평범하고 싶다'고 노래를 부르던 애가 큰 힘을 아무렇지도 않게 감당하고, 씩씩하고 용감하게 위험한 적들을 마주하러 가고 있었다.

꿈과 지금을 동일시하는 건가? 다 헷갈리는데, 그 와중에 수하를 보면 불안했다.

"헬리."

수하는 그를 빤히 보며 그의 옷깃을 살살 잡아 흔들었다. 그냥 확 끌어당겨도 되는데 굳이 저렇게 구김도 안 가게 잡고 흔드는 건 또 뭐람.

"괜찮아."

저건 맞는 말. 동시에 틀린 말이기도 하다.

"우리는 할 수 있어. 할 수 없었으면 진작 끝났을 거야."

"그런 걸 말하는 게 아니야."

게다가 그런 건 수하보다 뱀파이어들과 싸워온 경험이 훨씬 많은 헬리가 더 잘 알았다. 그는 막막한 얼굴로 고개를 숙였다. 더 가까이 가면 마음이 전달될까?

"이번에야말로 그놈은 죽여버릴 거야. 그런 건 걱정하지 않아도 돼."

헬리의 목소리에 살기가 가득했다. 늘 다정하고 차분하던 사람이 저렇게 새파란 살기를 보이는 것도 아주 드문 일이라 수하가 놀랄 지경이었다.

"그놈?"

"재상."

"아."

수하가 못 한다면 그가 할 거다. 높은 확률로 그들이 헤어진 이유도 다 그놈 때문일 테니까. 전부 다 그놈 탓이었다. 보육원 선생님들이 돌아가신 것도, 늑대인간 소년들이 저렇게 살아남으려 애쓰는 것도, 전부 다, 그래, 전부 다.

"그놈은 내가 죽일 거니까, 너는……."

그는 수하를 내려다보다가 미간을 좁혔다.

"너는 다 끝나고 난 다음에도 날 피할 수 있을 거라고 생각하지 마."

그런 다음에 몸을 휙 돌려 더 아래층으로 내려가려던 그를 수하가 붙들어 다시 원위치로 돌려놨다. 뿌리칠 수도 있는 힘이지만 그는 순순히 잡혀서 돌아왔다.

"난 너 피한 적 없어."

그녀는 그를 또렷하게 올려다보았다. 헬리는 그 시선을 마주하다가 결국 한숨을 쉬었다.

뭘 해도 그녀에겐 늘 지는 기분이다. 아니, 그냥 져주고 싶었다. 수하가 그렇다는데 그 말이 맞는 거지.

"이런 일을 겪는 건 처음이라서 정신이 없었을 뿐이야. 변명 같지만. 아니, 변명이긴 하네, 이거."

꿈을 꾸지 않았다면 헬리가 왜 이렇게 구는지 몰라 당황했을 거다.

하지만 마지가 헬리에게 단도직입적으로 말하는 꿈을 꾼 이상, 수하는 그가 왜 이러는지 알았다.

그는 아마 여러 사람에게서 접으라는 말을 수도 없이 들었을 거다. 신물이 날 정도로 들었겠지.

수하는 시무룩한 얼굴을 하고 그녀가 하는 말을 지금도 열심히 듣고 있는 그를 올려다보았다.

기사였던 그는 표정마저 능숙하게 숨길 줄 알았지만, 지금의 헬리는 원하는 게 뭔지 티가 다 난다. 아니, 그게 눈에 보일 만큼 수하가 그에게 관심을 많이 가지고 있었다.

"이리 와봐."

그녀는 손을 펼쳤다. 헬리는 부루퉁한 얼굴로 중얼거렸다.

"나 친구 간에 포옹 같은 거 안 해."

저거야말로 말도 안 되는 소리다.

"어제 타헬도 안아주는 거 봤어."

"걔는 어리잖아. 너랑은 안 해."

"내가 언제 친구 간에 안자고 했어?"

수하가 눈을 동그랗게 뜨자마자 그는 그녀를 와락 안았다. 안 한다고 할 때는 언제고, 헬리는 그녀를 꽉 안고 놔주지 않았다. 기분 좋은 향기가 난다. 수하는 그의 몸에 팔을 둘렀다.

"……네가 먼저 친구 간에 안는 거 아니라고 했다."

"알았다고, 하여튼 피곤해."

"분명하게 하자는 거지."

"분명하게는 무슨, 그러기 싫어서 끝까지 말 안 했던 주제에."

수하는 헬리의 몸에 얼굴을 묻으면서 웅얼거렸다.

"내가?"

"어, 네가. 너 끝까지 말 안 했잖아."

그게 무슨 뜻일까. 헬리는 품 안에 쏙 들어오는 그녀를 꼭 안은 팔에 힘을 풀지 않으며 생각했다.

"아. 그때."

헬리는 수하의 정수리 위에 턱을 올렸다.

아, 좋다. 계속 쭉 이러고 있었으면 좋겠다. 나중에 리버필드 시 해변을 함께 걷자고 해 볼까? 한가한 곳에 가서 내내 이렇게 안고 있기만 해도 피로가 다 풀릴 텐데.

눈가가 뻑뻑하다. 계속되는 싸움은 정신적 피로를 몰고 왔다.

"공주님은 너무 귀하신 분인데 한낱 기사 나부랭이가 어떻게 고백을 하겠습니까."

장난기가 섞였지만 분명히 진심인 목소리에 수하는 또 얼굴이 화끈거리고 말았다.

"지금은 공주 아니잖아."

"아니니까 들이댔지."

"들이댄다는 자각은 있구나. 정말 다행이다. 난 그런 것도 없이 아무한테나 그러는 줄 알고 걱정했다고."

웅얼대는 목소리가 딱딱하다. 긴장했구나. 그럼 익숙해질 때까지 더 오래 안고 있어야지. 헬리는 허공을 보며 픽 웃었다.

"아무한테 그러지 않아. 내가 너 한정으로는 좀 뻔뻔한 구석이 있어."

헬리는 소년답게 킥킥거렸다.

"응. 그래. 그런 거 같아. 근데 우리 언제까지 이러고 있어야 해?"

"한 5분은 더 이러고 있어도 돼. 아직까지 뱀파이어에게 충성하는 인간은 못 찾았거든."

5분씩이나? 수하는 이걸 좋다고 생각해야 할지, 큰일 났다고 생각해야 할지 고민하다가 그냥 솔직하게 좋다고 생각하기로 했다.

"그럼 허탕인가?"

"아닐걸. 더 내려가면 있을 거 같은데."

헬리는 지하 2층으로 내려가는 계단 쪽을 힐끗 보았다. 5분만 있다가 내려가자. 그래, 5분만.

그는 수하를 더 꾹 안았다. 이제야 좀 살 것 같았다. 꿈에서는 바라기만 했던, 아니, 바라지도 못하고 억지로 접으려고 애썼던 일이었는데.

"근데 진짜로 절대 말 안 할 생각이었어?"

그는 자신을 올려다보는 수하를 보다가 눈을 가렸다. 너무 귀엽잖아.

"뭘?"

"나한테 좋아한다고 절대 말 안 하려고 했냐고."

"너는 그때도 그랬다는 걸 어떻게 안 거야, 대체? 그렇게 티가 났어?"

아닌데. 공주는 상당히 눈치가 없었다. 너무 몰라줘서 화가 나고 억울하고 눈물이 날 지경이었는데도 몰랐다.

"……마지랑 얘기하는 거 들었어."

"아하. 엿들으셨다?"

"일부러 그런 거 아니야."

"어련하시겠어요."

수하는 인상을 썼다.

"너 왜 말투가 자꾸 그때 같아지는 거야?"

손바닥 위에 공주를 올려놓고 빙글빙글 웃으며 놀려먹던 기사 시절로 돌아간 거 같다.

"맺힌 게 많아서."

"내가 그렇게 힘들게 했어?"

"어."

"……미안."

"예쁜 건 알겠는데 그럼 다정하지나 말든가. 사심도 없이 다정하게 사람 챙기는 거, 너만 깔끔하지 받는 사람은 죽을 맛이라고. 그러니까 좋아하지. 마음을 내가 어떻게 접냐고."

우와. 와. 정신을 못 차리겠다. 한 번 툭 터놓자마자 물벼락이 쏟아지듯이 솔직한 말이 마구 쏟아졌다. 수하는 얼굴을 제대로 들지도 못했다.

"언젠가는 기사 못 해먹겠다고 때려치우면서 고백했을 거야."

"진짜?"

그녀는 깜짝 놀라서 헬리를 올려다보았다.

"진짜."

그는 무겁게 고개를 끄덕였다.

"이미 한계였어."

못 견디겠어서, 눈은 자꾸만 그녀만 좇고 있어서 돌아버릴 것 같았는데 그 상황에서 어떻게 헤어졌던 걸까. 무슨 마음으로 놓았던 걸까.

헬리는 상상하기도 싫어서 수하를 빈틈없이 안았다.

"이번에는 헤어지지 말자. 이번에도 또 놓치기 싫어."

으응, 하고 그의 몸에 묻혀 웅얼거리는 대답이면 충분했다. 그는 고개를 마주 끄덕이며 저쪽에서 들려오는 발소리에 귀를 기울였다.

"어머, 학생들, 여기는 관람하는 데가 아니야."

혼자 걸어오던 중년 여자가 눈이 동그래지더니 호호 웃었다.

"아, 죄송합니다. 아래층으로 가야 하나요?"

"아니, 위층이지. 여긴 지하 1층이에요. 아래에는 보일러실이랑 설비실밖에 없답니다."

"감사합니다."

보일러실과 설비실이라. 수하는 자연스럽게 그녀의 어깨에 팔을 두르는 헬리와 붙어서 다시 계단을 올라갔다. 그사이 중년 여인은 서류철을 안고 그들과는 반대로 내려가는 계단으로 갔다.

······보일러실에 왜 서류를 가져가지?

수하가 헬리에게 속으로 물었다

왜냐하면 보일러실 말고 다른 게 있으니까. 저 여자가 뱀파이어들을 위해 일하고 있어.

이젠 어떠한 거리낌도 없이 사람들의 머릿속에 떠다니는 생각을 다 읽은 헬리는 위층에 있는 형제들에게 말을 전했다.

발견했어. 분홍색 카디건과 회색 치마를 입은 50대 여성. 현재 지하 2층으로 가고 있어. 우리는 지하 1층이야. 사람들의 눈을 피해서 내려와.

당장 사람들의 눈을 피하는데 가장 능한 자카가 그들 앞에 나타났다. 소리는 최대한으로 내지 않는 게 좋다.

내가 먼저 가볼까?

자카가 눈으로 물었다. 수하도 상황만 된다면 그녀가 가겠다는 의지를 표정으로 보였다.

신중하자. 자카, 일단은 선샤인시티 애들한테 연락 부탁해. 여기에서 바로 진입할 수도 있으니까, 최대한 대비해야지. 지금 몇 시지?

4시 38분. 곧 시청은 문이 닫힐 거야.

닫히기 전까지 다들 들어와 있는 편이 좋겠어.

자카는 고개를 끄덕인 뒤 다시 휙 사라졌다. 헬리는 아예 옆구리에 끼고 있다시피 하고 있는 수하를 내려다보았다.

오늘 당장 급습하는 거, 어떻게 생각해?
성공한다면 뭐든 상관없어. 차라리 트리샤가 없는 지금이 낫지 않아?
……아, 그래. 그런 이름이었지. 트리샤.

헬리는 고개를 끄덕인 뒤 아래층으로 소리 없이 걸어 내려가기 시작했다.

☾

트리샤는 프린태니어 시 외곽을 뒤지다가 중상을 입고 일반시민에게 발견되었다는 뱀파이어 소식을 들었다. 그녀는 바로 그 뱀파이어가 있다는 병원으로 달려갔다.

"환자분, 들어가시면 안 됩니다!"
막는 간호사들을 밀치고 트리샤는 침대에 누운 뱀파이어에게 다그쳤다.

"어떻게 된 거야? 넌 뭘 알고 있지?"

"……이능력……."

뱀파이어는 말을 제대로 할 수 있는 상태가 아니었다. 여기 저기 데였고, 은으로 입은 상처도 보였다. 햇볕에 의한 상처도 극심했다. 무엇보다 깊은 자상이 다리에 나 있었는데, 뱀파이어의 회복력이라면 당연히 아물었어야 할 상처가 전혀 낫지 않았다.

"비켜주세요, 쇼크가 왔습니다!"

그 상처에서 시커멓고 진득한 뱀파이어의 피가 쏟아지고 있었다. 트리샤는 저런 상처를 남기는 끔찍한 물건을 어디선가 보았다.

"왜 피가 안 멈추지?"

"이 사람 피가 이상해요!"

트리샤는 돌아서서 뱀파이어들에게 눈짓했다. 정체를 들키게 되기 전에 어서 처리하라는 뜻이었다.

"……사망했습니다."

뱀파이어의 회복력마저 무시하고 절대 낫지 못하는 치명상을 입히는 예리하고 날카로운 검.

공주의 가장 최측근 수호기사가 가지고 있던 검이자, 어떻게든 찾으려 애썼으나 끝내 왕국에서 사라졌던 검이 다시 돌아왔다.

'이능력이라. 마지는 확실하게 죽였는데……'

생각하며 걸어가던 트리샤가 퍼뜩 고개를 들었다. 그때 그 낡아빠진 보육원에서 시신을 확인하지 못한 놈들이 있었다.

"하……, 하하."

마지가 빼돌렸던 기사들이 돌아온 건가. 그녀는 사납게 웃기 시작했다.

제 66 화

오토널 습격
part 5

수하는 손을 내려다보았다. 헬리는 여전히 그녀의 손을 꼭 잡고 있었다.

심장 소리가 너무 크고, 맥박이 너무 심하게 뛰어서 손을 통해 그가 알아차리게 될까 봐 불안했다. 정작 헬리는 날카로운 눈으로 앞을 보고 주저 없이 성큼성큼 걸어가고 있는데 말이다.

사람 속을 마구 흔들어놓더니, 혼자 회복이 빠르다.

'저래놓고 짝사랑은 무슨.'

괜히 아니란 걸 알면서도 투덜거려 보았다.

마음이 간질간질하고 집중이 안 된다. 정말 큰일 났다는 걸 머리로는 알겠는데, 그냥 너무 좋아서 어쩔 줄 모르겠다.

무수한 여학생들의 짝사랑 대상이자 남학생들에겐 남자가

봐도 멋있다는 소리를 듣는 존재면서, 수하 앞에서는 불안해하고 꾸밈없이 표현하는 게 신기했다.

자꾸 웃음이 나올 것 같아서 그녀는 입꼬리에 열심히 힘을 줬다.

오른쪽.

다행히 몸은 알아서 저절로 움직인다. 이쯤이면 운동신경이 뛰어난 게 아니라 공주가 마셨던 바르그의 피에 깃든 힘이 아직까지도 몸에 남아 있는 게 분명했다.

수하는 즉시 오른쪽 모퉁이로 몸을 틀어 잠시 숨었다. 헬리가 그녀를 감싸며 복도 끝을 엿보았다.

두근두근도 아니고, 쿵쾅쿵쾅도 아니고, 연속적으로 쾅, 쾅, 쾅 하며 요란하게 심장이 혈관을 내리쳤다.

기억인지 꿈인지, 아무튼 더듬어보니 헬리는 기사 시절에도 그를 좋아하는 사람들이 무척 많았다.

'고백도 많이 받고, 선물도 엄청 받았던 거 같은데.'

하지만 수하는 그에게 준 게 없었다. 생각해 보니 계속 받기만 한 거 같다. 그녀는 괜히 미안하고 고마워서 혼자 입을 삐

죽거리다가 그의 허리에 팔을 둘렀다.

복도 쪽을 경계하던 헬리의 눈이 커지더니 그녀를 돌아보았다.

이거 뭐야? 나 오늘 생일이야?
응, 그렇다고 쳐.
너 너무 잘해주지 마.

민망해서 헬리를 쳐다보지도 못하고 있던 수하가 깜짝 놀라 그를 올려다보았다. 말투가 몹시 퉁명스러웠다. 불쾌했나? 말안 하고 해서 싫었나?

갑자기 이러면 집중을 못 한다고.

손으로 얼굴을 가린 헬리는 그녀를 제대로 보지도 못하고 시선을 피하고 있었다. 드러난 목덜미가 뱀파이어답지 않게 불그스름했다.

면역이 없단 말이야.

처음부터 너무 잘해주면 불안했다. 이렇게 받기만 하다가 수하가 없어지면 어떻게 하지? 한 번 잃어봤기에, 기억까지 통째로 잃어봤기에 너무 불안하고 무서웠다.

음, 그러면 면역을 갖추기 위해 더 자주 하는 게 좋겠어.

앤 도대체 말을 제대로 듣기는 하는 걸까? 헬리는 소리 없이 한숨을 내쉬었다.

원래부터 말은 어마어마하게 안 듣는 공주님이긴 했다.

아니, 정정하자. 항상 헬리는 뜯어말리다가 지는 역할이었고, 그녀는 그를 늘 이겼다. 손가락 까딱하지 않고 가만히 보고만 있는 것만으로도 이겼다.

근데 방금 분명히 사람이 있었지?

수하는 그 와중에도 목을 슬쩍 빼고 복도 끝을 바라보았다.

사람 머릿속을 다 뒤집어 놓고 또 혼자 매끄럽게 빠져나가다니, 헬리는 굉장히 억울했다. 그리고 억울하다는 것조차 익숙하다는 느낌에 또 한숨을 쉬고 말았다.

그래, 너 혼자 다 해먹어라. 언제 이겨본 적이 있어야지.

어. 아무래도 저기가 입구인 거 같아.

입구서부터 보초를 세워놓다니, 에스티발 시 물류창고도 겉으로 보기엔 허름한 곳처럼 꾸며놔서 저 정도는 아니었다. 레일건이야 사람들을 우습게 아는 레일건 마스터 성격에 그렇게 방비가 치밀한 것도 아니었고.

그러니 헬리와 수하가 제대로 온 게 맞았다. 저 안에 뭔가가 있다.

분홍색 카디건을 입은 시청직원은 그 안으로 사라졌다. 헬리는 고개를 들고 주변에 형제들이 있는지 확인했다.

1층 로비에 선샤인 애들 진입했어.

현재 로비에서 타헬과 함께 관광안내서를 들여다보는 척하고 있는 노아가 무심히 대답했다.

타헬은 실전에 투입되는 게 이번이 처음이나 다름없었지만,

저번에 정예 뱀파이어들과의 전투경험도 있었기에 생각보다
는 침착했다. 혹시 몰라 부상을 입었을 때 쓰일 응급처치 도구
들을 담은 가방끈을 꽉 잡고 있지만 않아도 좋으련만.

노아는 타헬의 어깨를 툭툭 쳐준 뒤 주변을 둘러보았다.

이안 형이랑 카밀이 청소부로 위장해서 뒤쪽으로 들어온다고
했어.

다들 관광객, 아니면 청소부를 기절시킨 뒤 유니폼을 슬쩍
빼앗아 입고 잠입했다. 위장하지 않는다면 갑자기 시청 1층을
꽉 채운 덩치 큰 고등학생 여럿을 누구나 다 의심할 것이다.

자카?

헬리는 자카를 불렀다. 잠입하는 사람 중에 가장 걱정을 덜
하게 되는 건, 역시 신속하게 움직일 수 있는 자카였다.

칸이랑 루슬란, 마한이 지붕으로 올라갔어. 3층에 열려 있는
창문이 있대. 그쪽으로 진입해서 내려갈 거야. 어차피 위층에는

아무것도 없는 것 같아.

그사이 수하가 목을 한 번 돌려보기 시작했다. 그녀를 걱정 가득한 눈으로 보며 헬리는 자카에게 한마디를 건넸다.

시장을 조심해. 트레나의 기억에 따르면 트리샤가 시장을 조종 하고 있으니까.
시장이 무장을 하고 있을까?
그건 아니지만 들키면 골치 아파질……, 게 아니지.

헬리의 눈이 휙 돌아갔다. 그리고 아마 자카도 비슷한 생각 을 한 게 틀림없었다.

시장을 잡으라고 할까?
그래. 이리로 끌고 와봐. 우리는 지하 2층 보일러실 앞이야. 아 무래도 이쪽이 입구인 거 같으니까, 시장 머릿속을 한번 들여다 보면 뭐든 나오겠지. 아니면 시온에게 데려가도 돼.

형의 말대로 하려던 자카가 멈칫거렸다.

근데 헬리 형, 좀 바뀐 거 같다? 예전에 그런 일은 질색하지 않 았어?

이쯤 되면 당한 만큼 갚아주기도 해야 하는 법이야.

그 말 마음에 드네.

자카는 짧게 웃은 뒤 더 이상 말을 하지 않았다. 아마 늑대 인간 소년들과 합류하러 간 모양이다.

작전은 실시간으로 변경될 거다. 사실 작전이랄 것도 없었 다. 그들은 트리샤가 자리를 비운 틈을 최대한 활용해야 했으 며, 그러려면 주어진 시간이 별로 없었다. 최대한 가지고 있는 것들을 활용해서 일단은 밀고 들어가는 수밖에.

수하야.

하지만 그가 지켜야 하는, 그리고 지키고 싶은 존재는 언제 나 너무 무모해서 탈이었다. 헬리는 당장 튀어 나갈 기세인 수 하의 어깨를 잡았다. 말간 눈이 그를 올려다본다.

딱 저 입구에 몇 명이 있는지만 보고 오는 거야. 더 들어가면 안 돼.

아니지. 저 안에 몇 명이 있는지는 확인을 하고 와야지.

그게 말이 되냐? 수하는 표정으로도 말했다.

그럼……, 그럼 더 들어가지 말고 딱 저 보일러실 안만 확인하고 와. 계단 같은 게 보여도 내려가면 안 되고, 복도가 보여도 거기로 가면 안 돼. 알겠지?

네에, 네, 이 잔소리쟁이야. 내가 언제 네 말 안 듣는 거 봤어?

순식간에 말간 눈이 사라지고 일렁이는 안개로 변했다. 하지만 헬리는 그녀를 안개 속에서도 알아볼 수 있었다.

자주 안 들어놓고 무슨 소리야?

아니라니까. 난 네가 한 말은 언제나 성실하게 잘 들었어. 듣지 않으면 듣게 만들었잖아.

휘리릭, 안개가 빠르게 움직여서 복도를 순식간에 가로질렀다.

여차하면 뺴 들 수 있게 검자루 위에 손을 짚은 헬리는 썩 좋지 않은 기분이 들었다. 그녀를 혼자 정찰로 보낸 게 정말 마음에 들지 않았다.

그야 네가 빠져나갈 궁리만 하니까 나도 요령만 늘어난 거지.
아니야. 나는 정말 결백해. 입구에 두 명, 음, 드리프터는 아니네. 시커멓게 다 뒤집어쓴 게 시작부터 정예 같은데? 으, 싫다.

수하는 짜증을 내며 보일러실 안을 쏘다녔다. 그 뱀파이어에게 협력하는 시청 직원은 어디로 갔을까?

그리고 네 말이 다 맞다는 것도……, 으음……, 인정하기 싫지만 알고 있어.

가만히 듣고 있던 헬리는 재미있다는 표정을 지었다.

아, 알고 있었어?
……너 그럴 때 너무 짜증 나.

짜증도 나고 잘생겨서 좋다고도 생각하잖아.

진짜 짜증 나.

막 던진 건데 맞았나 보네. 헬리는 슬그머니 웃었다. 너무 귀엽잖아. 진입했으니 수하는 긴장이라도 풀고자 아무 말이나 하다가 본심이 툭툭 나오는데 그게 신기하고 재미도 있었다.

으음……, 보일러실인데 이렇게 보초를 세워두면 괜찮나?

왜, 몇 명인데?

들어오는 입구에 둘이 있고, 안으로 들어가는 복도 시작점에도 둘이 또 있어. 그리고 보아하니 5분 간격쯤으로 한 사람씩 도는…….

말이 툭 끊겼다. 헬리는 당장 검을 틀어쥐었다.

수하야? 왜 대답이 없어, 수하야?

입구 쪽 경비는 아직까지 굳건히 서 있다. 경비들의 생각 역시 지극히 평범했다. 무슨 일이 일어난 건 아닌데, 순식간에 헬리의 머릿속이 하얗게 비었다.

'이러면 안 되는데.'

한 사람에게 이렇게 휘둘려선 큰 싸움에 집중할 수가 없다. 아는데 심장이 덜컹 내려앉았다. 고작 몇 초 만에 그는 안으로 뛰어 들어가야 한다는 충동에 휩싸였다.

하나 처리했어.

아. 헬리는 벽에 머리를 기댔다.

처리하기 전에 말을 해야지.
얘네가 지금 양쪽 입구를 왔다 갔다 하는 타이밍이 영 이상해. 하나씩 처리할 수 있는데 잘 맞추기가 어려워. 잠깐만 있어 봐. 하나 더 잡을게.

그냥 같이 들어갈 걸 그랬다. 얘가 사람을 소리 없이 제압할 수는 있으려나, 시체까지 혼자 끙끙대며 처리할 텐데 그런 건 도와줘야 하는 거 아닌가, 속이 바짝바짝 탔다.

어째 전보다 증상이 더 심해진 거 같아 헬리는 마른세수를

했다.

아니, 이쯤 되니 반듯하게 제 일을 하는 건 수하고, 중심을 못 잡고 정신없어하는 건 헬리다.

'지가 먼저 안아줘서 사람 혼 빼놓고……!'

그는 몹시 억울했다. 그때 문 쪽에서 털썩, 털썩, 하고 사람 쓰러지는 소리가 아주 익숙하게 들렸다. 그러곤 문이 빼꼼 열렸다.

"헬리햐아……! 다 끝났허어……!"

다 처리해놓고 뭘 저렇게 소곤소곤 부르나. 헬리는 눈을 질끈 감고 소리 없이 웃으며 모퉁이를 돌아 나왔다. 그를 발견한 수하가 반짝 웃으며 얼른 오라고 손짓했다.

"어? 뭐야?"

계단 쪽에서 발소리가 들리더니 시온이 엔지와 함께 내려오다가 눈이 커졌다. 저기까지 들어갔다고?

"얼른 와."

수하가 그들에게도 어서 오라고 크게 손짓했다. 소년들은 기척 없이 달려서 얼른 보일러실로 위장한 문 안으로 들어갔다.

"오, 척 보기에도 수상해 보이는 보일러실인데?"

대충 보일러를 가져다 두고 위장해뒀지만, 보일러실이 이 정도로 널찍하고 여러 사람이 오가는 통로에 있을 일인가.

시온은 재미있어하며 수하가 쓰러트린 뱀파이어들을 치우려다가 으, 하고 인상을 찌푸렸다.

"힘을 얼마나 가한 거야?"

"조절 중이야. 소리 안 내려고 고생했다고."

수하는 아주 진지하게 대답했다. 저 주먹에 맞은 게 자신이 아니라 다행이라 생각한 시온은 쓰러진 뱀파이어들을 질질 끌어다 보일러 파이프 사이에 처박아 놨다.

이쯤이면 뱀파이어들이 와도 바로 발견하지는 못할 거다. 엔지는 주변을 살핀 뒤 뱀파이어들을 샅샅이 수색했다.

"저쪽에 또 계단이 있네."

시온이 반대편을 보며 중얼거렸다.

"어떻게, 이대로 돌파할 거야, 형?"

헬리는 대답 대신 다른 걸 물어보았다.

"시청 문은 닫혔어?"

"닫혔지. 이제 퇴근 시간이야. 뒤에 노아랑 타헬도 같이 오고 있어."

좋다. 여기까지 왔으면 이젠 들어갈 수 있는 만큼 깊숙하게 들어가는 수밖에 없었다.

"돌파할 수 있는 데까지만 돌파하자."

아마 칸도 이 말에는 동의할 거다. 언젠 뭐 만반의 준비를 갖춰서 적과 마주쳤나? 그때그때 되는 대로 각자의 순발력과 재치, 그리고 숨은 잠재력에 의존해서 여기까지 왔다.

헬리는 검을 빼 들었다.

"보이는 놈들은 그냥 다 죽여."

냉정하지만 그래야 했다.

지하 2층 보일러실 돌파했어. 넷 처리 완료. 다들 이쪽으로 합류해. 안쪽으로 계속 들어간다.

보낼 수 있는 범위 내에 있는 모든 소년에게 의사를 전달한 헬리는 엔지가 좋아하면서 권총을 빼내는 걸 보았다.

"쓸 수 있겠어?"

"급한 대로. 꽤 괜찮아."

"이곳 방음시설이 제대로 되어 있길 바라야겠네."

총소리가 외부에 들리면 골치 아파질 테니 말이다. 시온도 영 내키지는 않는다는 표정으로 총을 집어 들었다.

"적당히 챙겨. 계속 털면서 싸우면 되니까."

짐을 굳이 무겁게 할 필요는 없었다. 엔지는 시온의 말에 고개를 끄덕이며 자리에서 일어났다.

그들이 내려온 저쪽 계단에서 노아와 타헬이 긴장한 얼굴로 오는 게 보였다.

이제 슬슬 3층으로 들어간 늑대인간 소년들이나 위장한 채 잠입한 이안과 지노 쪽에서도 얘기가 들릴 게 분명했다.

헬리는 뒤를 한 번 본 뒤 앞을 향해 걸어가기 시작했다. 그들의 앞에는 딱 봐도 범상치 않아 보이는 계단이 시커먼 입을 쩍 벌리고 있었다.

"……어디까지 내려가야 하는 거지?"

엔지는 거의 들리지 않게 속삭이며 아주 오래되어 보이는 계단과 그 벽을 살폈다.

"글쎄."

시온이 어깨를 으쓱거렸다. 어디까지인지는 모르겠지만, 아주 많이 내려가야 한다는 건 분명했다. 깊으면 깊을수록 더 큰 비밀을 숨기고 있는 법이다.

제 67 화

오토널 습격
part 6

시청 문이 닫히고 직원들이 퇴근할 시간이 되면, 그제야 청소부들이 움직인다. 지노는 붉은 머리카락을 가리는 볼캡을 푹 눌러쓴 채 픽 웃었다.

'어처구니가 없네.'

여긴 보는 사람이 질릴 정도로 경비가 심했다. 바꿔 말하자면, 분명히 뭔가가 있다는 얘기다.

그럼 열심히 털어줘야지. 지노는 청소도구를 가득 담은 수레를 천천히 밀며 3층 복도를 지나갔다.

2인 1조로 움직이는 청소부들은 오늘도 마지막 먼지 하나까지 싹 덜어낼 준비가 되어 있다.

그렇다. 이 세상에서 쓰레기만 양산해내는 저놈의 뱀파이어들을 때려잡을 준비가 되어 있었다.

"지하 2층에 수상한 곳이 있대. 진입했다고 일 끝내는 대로 내려오래."

갑자기 휙 등장한 자카가 빠르게 말했다.

"그리고 앞방에 뱀파이어 넷이 있어."

"드리프터?"

"아니, 정예에 가까워."

자카는 다시 휙 사라졌다. 그렇단 말이지. 지노는 한가하게 대충 마른걸레와 비닐이 얹힌 수레를 밀고 전진했다.

그는 소화전을 힐끗 보다가 그냥 지나갔다. 그가 수레를 밀고, 함께 가는 나자크는 딱딱한 양 문을 휙 열었다.

안을 지키고 있던 정장 차림의 뱀파이어 넷이 그들을 쳐다보았다. 겉으로 보기엔 경호원들로 보였지만, 사실은 드리프터들보다 훨씬 강한 고위 뱀파이어들이었다.

"아이고."

탕! 탕!

"수고가 많으십니다."

탕! 탕!

지노의 유쾌한 말이 끝나자마자 머리에 총을 맞은 뱀파이어들이 부들부들 떨며 쓰러졌다.

급소를 맞았지만 죽지는 않는다. 늑대인간들이었다면 바로 죽었겠지. 짜증이 나서 나자크는 뱀파이어들의 목을 완전히 꺾어 확실하게 죽였다.

"오, 이거 확실히 쓸 만하네. 무식하게 커서 그런가?"

청소도구 수레에는 사실 저번 싸움에서 탈취한 정예 뱀파이어 부대의 무기들이 가득했다.

일단 집히는 대로 들어서 한 손으로 쏘는 말도 안 되는 짓을 한 지노는 소총을 보며 감탄했다.

"온다."

나자크는 대답하지 않고 저편 문을 노려보았다. 총소리를 듣고 달려온 뱀파이어들이 문을 활짝 열자마자 다시 쓰러졌다.

점점 여러 전투를 거치면서 감각이 날카롭게 다듬어지고 있는 지노와 나자크는 실수 하나 없이 계속 명중만 시켰다. 그리고 완전히 목을 꺾는 것도 언제나 잊지 않았다. 확인사살이란 건 참 중요하다.

"꽤 괜찮은데?"

지노는 나자크를 보며 순수하게 감탄했다.

"너도 만만치 않아."

나자크는 빙긋 웃었다.

"경기장에서 볼 때는 참 재수가 없었는데."

"누가 할 소리."

안쪽에서 또 경호원들이 나오기 시작했다. 지노는 사정없이 총을 갈겼다.

확실히 총을 쏘는 건 그와 맞지 않는 일이었다. 직접 가서 불을 휘두르면서 싸우는 게 더 적성에 맞다.

하지만 어쩌겠는가. 아직까지는 웬만하면 체력을 아껴야 했다. 오늘 이곳에서 무엇과 맞닥뜨릴지 아무도 모르는 일이니까.

뱀파이어들 역시 총을 꺼내기 시작했다.

"으아악!"

하지만 죄다 총을 떨어트리기 시작했다. 총을 순식간에 벌겋게 달아오르게 해서 집어 들지도 못하게 한 지노가 그대로 그들에게 달려들었다. 퍼억, 하고 개머리판으로 후려치는 소리가 요란했다.

"어딜."

어디서 누구한테 총을 쏘려고. 지노가 뱀파이어를 직접 때려잡는 난투극에 기꺼이 합세한 나자크가 투덜거렸다.

"그냥 쏘지, 뭘 때리냐?"

"너도 솔직히 이쪽이 더 맞잖아, 왜 이래?"

"안쪽에서 또 뭐가 튀어나올지 어떻게 알고 그래?"

"그거야 이놈들을 방패 삼아 막으면 되는 거지."

지노는 나자크도 이미 알고 있는 답을 하며 청소 수레를 발로 밀었다.

수레는 그대로 안쪽으로 더 굴러가기 시작했고, 나자크와 지노도 수레를 따라 달려갔다.

고풍스러운 장식이 가득한 방들에는 일일이 다 카펫이 깔려 있었고, 수레가 굴러가는 소리는 거의 나지도 않았다. 벽마다 걸린 액자에는 누군가의 초상화나 풍경 같은 오래된 그림들이 걸려 있었다.

그곳을 소총을 쥐고 가로지르는 청소부 차림의 소년들만큼 이질적인 것도 없었다.

"이쪽이 시장 사무실로 통하는 거 맞아?"

"몰라. 일단 다 때려잡아야지."

지노는 단순하게 대답했다.

"아, 진짜 나도 모르겠다. 우리 둘밖에 없는데."

나자크는 고개를 흔들며 이제 막 열리는 문을 향해 총을 쏘았다.

"셋이야."

그러곤 옆에서 갑자기 들리는 말에 힉, 하고 놀랐다.

"자카, 너는 기척 좀 내고 다녀!"

나자크의 잔소리가 끝나기도 전에 문을 열고 달려 나오던 뱀파이어 둘이 갑자기 지노와 나자크 뒤편으로 날아갔다. 그런 뒤 다시 모습을 드러낸 자카가 주먹을 툭툭 털었다.

"내가 기척을 내고 다녀서 뭐 하게?"

무심히 대꾸한 그는 다시 또 사라졌다.

"쟤 가버렸냐?"

"아니."

지노는 웃으며 고개를 흔들었다.

"이제부터 우리한테 합류한 거야."

뭐, 그렇다면야 편하지. 나자크도 이제 슬슬 뱀파이어 소년들과 함께 다니고, 또 함께 싸우는 일에 익숙해지기 시작했다. 서로의 싸우는 스타일이 어떤지 알게 되니 손발을 맞추는 것도 더 쉬워졌다.

나자크는 슬슬 멈추기 시작한 수레를 박차고 뛰어올랐다. 자카가 빠르게 문을 열고, 나자크가 그대로 이쪽으로 향하는 뱀파이어의 가슴을 걷어차며 내려섰다.

"공격이, 퀵!"

정예 뱀파이어 부대와 밤새워 싸워본 경험도 엄청난 도움이 되었다.

지노는 서둘러 외부에 연락하려는 놈들부터 바로 공격했다. 트리샤에게 연락이 가는 것만은 무조건 막아야 했다. 최대한 연락이 가는 걸 늦춰야 한다.

그런데, 막는 게 가능할까?

시커먼 정장을 입은 뱀파이어들이 사방에서 와르르 달려 나오기 시작했다.

탕!

이쪽으로 날아오는 총알을 일단 피한 지노가 사납게 웃었다.

"이야, 우리가 제대로 오긴 했나 보네?"

"저것들을 다 죽일 생각을 하니 지친다, 지쳐."

"어어, 벌써 지치면 어떡해?"

"정신적으로 피로하다고."

하지만 육체적으로는 전혀 아니다. 나자크는 벌써 시체가 된 체격 좋은 뱀파이어 하나를 총알을 막는 방패로 삼았다.

"야, 우리 아무래도 잠입하는 건 끝난 것 같지?"

"이미 끝났지."

"으, 헬리 형이 싫어할 텐데."

시체를 적들에게 집어 던진 나자크는 십여 정의 총을 한꺼번에 달아오르게 하며 심드렁하게 중얼거린 지노를 돌아보았다.

"너는 너네 주장이 그렇게 무섭냐?"

"무서운 게 아니라, 너는 너네 주장 말이 안 중요하냐?"

"……중요하지. 아씨, 나도 칸 형한테 한소리 들을 거 같은데?"

"그냥 쟤들이 먼저 덤볐다고 해. 우리가 먼저 쏜 거 아니라고 하고."

천연덕스럽게 말을 주고받을 동안 벌써 우아한 갈색 카펫 위에 어마어마한 숫자의 시신이 쌓였다. 정성스럽게 걸어놨던 초상화에도 총알구멍이 뻥뻥 생기고, 백 년 전 디자인으로 만들어 놓은 콘솔 테이블에도 구멍이 나서 나무속이 보기 싫게 드러났다.

"형들이 그걸 믿겠냐?"

어마어마한 속도를 그대로 실은 채 뱀파이어 셋을 들이받아 한꺼번에 쓰러트린 자카가 한심하다는 표정으로 그들을 바라보았다.

"너는 혼나지 않을 거 같아?"

지노의 침착한 지적에 자카는 얼굴을 찡그렸다.

"……쟤네가 먼저 쐈다고 할게."

합의가 이루어지는 순간이었다. 솔직히 프린태니어 시에서 정예 뱀파이어 부대를 상대할 때와는 비교도 안 될 정도로 적은 숫자지만, 어쨌든 육안으로 봤을 때 셋이 상대하기엔 터무니없이 많은 십여 명의 뱀파이어들이 계속 안쪽에서 나왔다.

또다시 프린태니어 시 전투를 재현하는 건가? 나자크가 비틀린 웃음을 지었을 때였다.

"크억!"

와당탕, 하고 뱀파이어들의 뒤편에서 요란한 소리가 나더니 뱀파이어들이 이쪽으로 균형을 잃고 굴러오기 시작했다. 일단 걷어차서 뼈를 부러트린 지노가 앞을 바라보았다.

"뭐야?"

웬 뚱뚱한 남자를 어깨에 메고 나오던 이안이 지노를 어이가 없다는 표정으로 바라보았다.

"너야말로, 뭐 하냐?"

지노와 나지그와 마찬가지로 청소부 차림인 이안의 곁에서 카밀이 튀어나와 뱀파이어들을 살육하기 시작했다. 그들만 있는 게 아니라 칸과 솔론도 보였다. 루슬란과 마한도 설렁설렁 걸어오다가 눈을 크게 떴다.

"뭐야, 시장 확보했어?"

여기가 시장실로 가는 길이 맞긴 했나 보다. 역시 경호가 삼엄한 쪽을 두들기면 백 프로다.

"어, 근데 이게 뭐냐?"

대답은 칸이 대신했다. 그의 날카로운 질문에 나자크가 슬그머니 눈을 피했다. 물론 소년들은 이 와중에도 뱀파이어들을 처리하는 손과 발은 쉬지 않았다.

"야, 이렇게 되면······."

칸은 한숨을 쉬었다.

"자카, 먼저 지하로 내려가 줄 수 있어? 이쪽에 전력이 몰려 있는데 지하에서 여기 일을 알았다간 그쪽이 불리해질 거야."

"알겠어."

자카는 대답만 남기고 서둘러 사라졌다.

"우린 여길 빠르게 돌파해서 지하로 내려가자."

어쩌다 보니 인원이 이쪽에 더 많이 몰리게 되었다. 혹시 헬리와 수하 쪽이 고전하고 있을까 봐 걱정이 된다. 칸의 마음이 조급해졌다.

수하는 왔던 길을 돌아보았다. 후방을 맡은 노아가 왜 그러
냐고 눈으로 물었다.

"아니, 누가 쫓아오나 신경 쓰여서."

"아직까지는 조용해."

그들이 마주하고 있는 계단에는 카펫이 깔려 있지 않았다.
때문에 발소리가 필연적으로 들릴 수밖에 없었다.

수하의 생각에는 그녀가 얼른 가서 처리하는 게 가장 좋은
방법인데, 헬리는 그녀를 막았다. 그는 아래에서 읽히는 생각
들이 정확하게 몇 개인지 헤아리고 있었다.

"……피 마시고 싶다고 하는 놈이 너무 많은데."

뱀파이어들이란. 죄다 똑같은 생각을 하고 있으니 구분이
안 된다. 헬리는 미간을 찌푸리며 중얼거렸다.

"그러니까 내가 간다니까."

"그 방법을 언제까지 쓸 수 있을 거라고 생각해?"

"언제까지긴, 계속 쭉 쓸 수 있지."

하지만 수하를 보며 검지를 입술 앞에 세워 보인 헬리는 시
온을 보았다.

몇 명이나 매료시킬 수 있어?

어, 글쎄?

뜻밖의 질문을 받은 시온은 고개를 갸우뚱거렸다.

정예는 셋까지는 힘들었어. 제일 힘들었던 건 당연히 레일건 마스터였고.
하지만 성공했지.

이젠 슬슬 점점 실력이 늘어나는 뱀파이어 소년들의 이능력을 써먹을 때가 됐다.

헬리는 계단 아래쪽에 있는 뱀파이어들의 생각을 한 번 더 읽어본 뒤 결론을 내렸다.

"······공간이 많아. 최소 열 명은 돼. 그러니까 노아가 내려가서 그림자로 묶어. 지금처럼 최소한의 조명은 켜놨으니까 그림자를 움직이는 것도 나쁘지 않을 거야. 향초를 켜놨는지 반드시 확인하고, 시온이 바깥에 연락하려는 놈들을 막고 향초를 끄게 해. 엔지랑 타헬은 일단 가만히 있어 보자."

엔지와 타헬이 얼른 고개를 끄덕였다. 향초가 피워져 있다면 그들은 손을 제대로 쓸 수가 없었다.

"그리고 시온이랑 같이 수하가 내려가. 안개로 변해서. 최대한 열 명을 처리하는 게 관건이지만……."

헬리는 말을 하다 말고 움찔거렸다. 뒤편에서 자카가 나타나 이쪽으로 걸어왔기 때문이다.

"시장은 확보했어. 확보했는데……."

말을 제대로 못 하는 걸 보니 뻔했다. 헬리는 눈을 질끈 감았다.

"3층에서 이미 총격전이 벌어져서 2층에 있던 놈들이 뛰어올라오거나, 아니면 이쪽으로 내려오고 있어. 내가 제일 먼저 왔어. 아마 3층은 다 제압될 거야."

"자카, 엔지, 타헬, 나와 함께 후방을 맡아. 여기서 버틸 수 없어. 수하야, 어서 가. 우리는 도망친다 해도 무조건 앞으로 도망쳐야 해."

당장 시온과 노아, 그리고 수하가 계단을 내려가기 시작했다.

헬리는 마침내 검을 뽑아 들며 아직까지는 조용한 보일러실 출입문을 노려보았다.

인간들이 다 빠져나간 시각, 각각 동쪽과 서쪽으로 넓게 뻗은 시청 건물에 뱀파이어들이 얼마나 득시글댈지 알 수 없었다.

하지만 프린태니어 시에서 여러 번 전투를 치러내고 온 소년들은 이번에도 이곳에서 살아남고야 말 것이다.

제 68 화

오토널 습격
part 7

"야, 이……!"

"아, 잘못했다고!"

이안이 욕을 하기도 전에 지노는 얼른 외치면서 냅다 달렸다.

3층이 어느새 조용해지고, 아래로 내려가 보니 2층도 조용했다. 뭔가 잘못되었다는 뜻이다.

소년들은 가장 빠른 속도로 아래로 뛰어 내려갔다.

이곳에 득실대던 뱀파이어들이 지하 2층으로 몰려간 게 분명했다. 아니면 적어도 지하 2층에 있던 뱀파이어들이 경계태세에 들어갔거나.

'그렇지만 어쨌든 총소리는 날 거였다고!'

맞는 말이었다. 그들이 쏘지 않았다면 뱀파이어들이 쐈을 테니까. 하지만 지노가 불만을 입 밖으로 내봤자 얻는 건 없다.

칸은 자신이 해줄 말을 대신해준 이안 덕분에 머릿속으로 계속 헬리를 찾을 수 있었다.

헬리, 헬리? 우리 2층에서 내려가고 있어. 거긴 어때?

제발 대답해라, 제발. 칸은 이렇게 따로 떨어져서 움직일 때가 제일 짜증이 났다.

물론 숫자로 열세이니 조를 이뤄 여러 가지 작전을 수행하는 건 필수였지만, 심리적으로는 리더로서 몹시 불안했다.

무엇보다 지금 막내인 타헬도 보이지 않았고, 헬리 쪽에는 수하도 있다. 이래저래 그쪽이 더 불리한 상황이었다.

너네 빨리 내려와! 도대체 어떻게 된 거야!

당장 내려가고 있던 소년들의 머리를 후려치는 헬리의 반응에 모두가 안도의 한숨을 잠깐 내쉬었다. 일단은 살아 있구나.

이놈들이 왜 위에서 내려와? 지금 아래, 위, 다 난리야! 우리 포
위당했다고!

아이고, 조금만 기다리십쇼. 곧 갑니다.

지노, 네가 사고 쳤지?

……어떻게 알았지?

아니었으면 너도 똑같이 화내고 있었겠지.

와, 이 예리한 형 같으니. 지노는 눈알을 굴렸다.

쟤네가 먼저 총을 쏘려고 했어.

그래, 어련하겠어. 빨리 내려오기나 해.

옙.

하여튼. 헬리는 고개를 절레절레 흔들고 싶은 심정으로 뱀
파이어를 한 놈 더 베어냈다.

"아, 아아악!"

굳이 급소를 찌르지 않아도 그의 검은 정예 뱀파이어들에게
치명상을 입혔다. 절대로 회복되지 않고, 검고 진득한 피가 마
구 흘러내리며, 상처가 벌겋게 타들어 가게 만드는 지독한 검

이었다. 엄청난 고통이 함께 동반되는 건 당연한 일이었다.

'원장선생님이 이럴 걸 알아서 이 검을 나한테 맡기신 건가?'

아니, 어쩌면 헬리가 그 전부터 가지고 있던 검일 수도 있다. 손에 착 감기는 느낌과 편안한 무게는 그의 추측에 신빙성을 더해주기만 했다.

검은 그와 한 몸이 된 것처럼 움직였다. 그래서 마구 밀려드는 뱀파이어들도 순식간에 낙엽이 쓸리듯 우르르 넘어갔다.

"당장 연락해!"

"이놈들이 어디서 튀어나온 거야?"

온갖 욕설과 고함이 난무했으니 일단 잠입은 이쯤에서 망한 게 분명했다. 하지만 헬리는 그 와중에도 '연락'이라는 말을 잡아내고 눈이 번쩍 뜨였다.

"자카!"

의식을 전달할 새도 없었다. 그냥 냅다 이름부터 불러 외쳤다.

눈치가 빠른 자카는 당장 어딘가로 연락을 한다는 그놈부터 찾아서 때려눕혔다. 물론 자카의 스피드가 실린 주먹은 때려눕히는 정도가 아니라 절명하는 수준이었다.

헬리는 그것만 확인한 뒤 몸을 틀어 타헬에게 달려드는 놈을 찔러버리며 뒤를 확인했다.

'수하는?'

저 계단 끝에 노아가 다스리는 어둠이 사납게 일렁이고 있었다. 그것들은 늑대인간과 뱀파이어 형제들의 모습을 하고 사납게 입을 쩍 벌려 적을 씹어 삼켰다.

넓은 부분을 커버하는 노아의 이능력이면 어둠 속에서 얼마든지 버티는 게 가능했다. 더구나 낮은 조명도 있으니 그림자로 간단히 장난을 치는 것도 아주 쉬웠다.

"니들끼리 싸워."

그리고 무심한 얼굴로 간단하게 명령하는 시온도 있었다. 그는 정예 뱀파이어 셋의 눈을 탁, 탁, 탁, 단숨에 한 번씩 쳐다보는 것만으로 그들의 의식을 제압한 뒤 오히려 뱀파이어들을 공격하라는 명령을 내렸다.

그러곤 곧장 다른 적들이 움직이지도 못하게 바닥에 붙이고, 자신은 천장으로 올라가서 공격하기 시작하니 뱀파이어들은 속수무책으로 당할 수밖에 없었다.

무엇보다 앞장서서 길을 뚫는 건 수하였다.

쾅!

가볍게 내지른 주먹에 뱀파이어들이 와르르 나가떨어졌다.

"어, 그렇게 세게 때린 거 아닌데?"

뭐야, 뭐가 잘못된 거야? 수하는 괜히 자신의 주먹을 한 번 내려다보다가 어깨를 으쓱거리곤 앞으로 더 나아갔다. 힘이 센 거야 어쩔 수 없지.

그녀는 지금 퇴로를 뚫기 위해 앞으로 나아가야 하는 모순적인 상황에서 가장 중요한 일을 맡았다. 힘이 세면 문도 부술 수 있고 좋지, 뭘 그래?

"잠깐, 아가씨, 잠깐만⋯⋯!"

이상하게도 뱀파이어가 그녀에게 대화를 시도했지만, 잠깐은 무슨.

쾅!

다시 경쾌한 소음이 일어났다. 덕분에 타헬과 엔지가 헬리와 함께 뒤로 슬슬 물러날 수 있었다.

"아, 진짜, 이놈들 도대체 어디서 이렇게 몰려오는 거야?"

이미 늑대의 모습으로 변한 타헬이 격하게 짜증을 내기 시작했다.

"위에서 무슨 일이 벌어진 거지, 그렇지?"

"아마도."

엔지는 이 와중에도 하하 웃으면서 뱀파이어의 가슴을 밀쳐 넘어뜨렸다. 우지끈, 하는 요란한 소리와 함께 뱀파이어의 갈비뼈가 완전히 박살나면서 내려앉았다. 그대로 사망이다.

"이씨, 분명히 나자크 형이야."

"어? 난 카밀일 거라고 생각했는데?"

"아냐. 나자크 형이 또 사람 좋게 웃다가 어어어 하는 사이에 일이 벌어진 게 분명해."

말이 오고 가는 와중에 퍽, 퍽, 하고 두들기고 뼈가 부러지는 소리가 쉴 새 없이 들려왔다.

"타헬이 예리하네."

헬리가 중얼거렸다.

"내 말이 맞지? 거봐, 그럴 줄 알았어."

오기만 해봐라. 한마디 해줘야지. 씩씩대는 타헬은 형들이 있어서 그런지 용감하게 싸웠다.

'지노가 나자크랑 움직였지, 아마?'

그러니 분명히 둘이서 함께 사고를 쳤을 거다. 뭐, 총을 가지고 들어갔으니 결국 이렇게 될 거였지만.

타헬과 노아, 두 막내의 상황을 시시때때로 확인하고 있는 헬리는 그 두 녀석이 빨리 오기만을 바랐다. 지금 이 좁은 계단에서 위아래로 밀어닥치는 뱀파이어들을 막아내는 게 힘에 부쳤기 때문이다.

"더 내려와!"

엔지가 헬리에게 외쳤다.

"저쪽 문 막아! 이것들 여기에서 다 죽여!"

뱀파이어들도 서로 악을 쓰며 문을 막으러 달려갔다. 분명히 폐쇄시키면 옴짝달싹도 못 할 구조일 거다.

헬리의 눈이 가늘어졌다. 누구 마음대로?

"이쪽으로 몰아!"

탕!

뱀파이어들은 누가 가장 약한지 본능적으로 안다. 가장 어려 보이는 타헬에게 당연히 총알이 퍼부어졌다.

자카가 일단은 잡아채서 총알을 흘려버렸지만, 이 좁은 곳에서 무차별 난사를 하면 피할 수가 없었다.

쾅!

길을 뚫는 수하도 점점 더 절박해지고 마음이 조급해졌다. 안개가 되었다가 다시 사람이 되었다가, 종횡무진하고 있는 그녀는 친구들의 몸에 생채기가 나는 걸 분명히 보고 있었다.

피가 떨어지는 게 이젠 무섭다. 누구도 다치지 않았으면 좋겠다. 모두가 다 소중했다. 한 명도 잃고 싶지 않았다.

탕! 탕! 탕!

절망적인 소리가 연이어 들려왔다. 새파랗게 질린 수하가 뒤를 돌아보았다. 안 돼!

탕! 탕! 탕!

안 된다고 고함을 지르기도 전에 총격이 연쇄적으로 일어났다. 마찬가지로 뒤를 돌아본 뱀파이어들이 이번에는 그쪽으로 총구를 들이밀기 시작했다.

"이런, 이쪽에도!"

"지원병력이다!"

"이 새끼들 어디에서 이렇게 튀어나오는 거야!"

탕, 탕!

아무런 감정 없이 방아쇠를 당긴 지노는 마지막 말을 남긴 놈부터 머리를 날렸다.

"어디서 튀어나왔긴, 지들만 지원군이 있는 줄 아나? 하여튼 뱀파이어 새끼들, 영 마음에 안 들어."

같이 일단 챙겨왔던 총부터 소모하기로 하고 방아쇠를 당겨보던 카밀이 삐끗했다. 지금 뭘 들은 거지?

"너도 뱀파이어 아니냐?"

"나는 진짜고 저것들은 흉내만 낸 거야."

어디선가 찌릿한 전기가 그들을 공격했다. 하지만 지노는 그쪽은 바라보지도 않고 불덩이를 날렸다. 하긴 저렇게 이능력 차이가 큰데 누가 봐도 이쪽 소년들이 진짜 뱀파이어라고 판단할 법했다.

"야, 지노야, 여기 보일러실이다, 좀! 제발 좀!"

이안이 투덜거리며 개머리판을 휘둘렀다.

"파이프 쪼개는 너도 만만치 않아."

지노가 씩 웃으면서 앞으로 전진했다. 3층부터 1층까지 뛰어내리다시피 해서 거리를 주파한 그들은 보일러실을 꽉 채우고 있던 뱀파이어들의 뒤를 치는 데 성공했다.

여기에선 이능력을 쓰든가, 아니면 총을 쏘든가, 위험하긴 마찬가지다. 어차피 싸우기에 적합한 장소가 아니었다.

하지만 뱀파이어들이 이 정도로 우왕좌왕하는 건 그만큼 이들이 급습에 당황했다는 뜻이기도 했다.

이곳은 뱀파이어들의 근거지. 자신들의 안방에서 이 정도로 밀린다면, 승산은 소년들에게 있었다.

"보일러 조심하고 머리만 노려! 앞에 있는 놈들 다 처리해야 해!"

"예, 예."

칸의 지시에 마한이 심드렁하게 대답하면서도 빠르게 움직였다.

총은 이럴 때 아주 효과적인 무기였다. 물론 저쪽에서도 총알이 날아오고 있었지만, 이미 인간의 능력보다 훨씬 뛰어난 신체 능력을 가진 소년들은 쏘기 전에 맞춘다는 말도 안 되는 소리를 구체화시켰다.

비명도 지르지 못한 뱀파이어들이 털썩털썩 쓰러졌다. 앞으로 나아가니 시커먼 뱀파이어들 사이로 빛나는 검을 쥔 헬리가 저 멀리 보였다.

"어, 형, 안녕."

지노가 손을 흔들었다. 어이가 없어진 헬리는 그냥 웃으면서 검만 휘둘렀다. 피가 튀고 살점이 찢긴다. 여긴 또다시 익숙한 지옥이었다.

"자카, 뒤로 가서 수하를 도와줘."

"예, 예, 갑니다."

언제나 전천후로 투입시킬 수 있는 가장 빠른 무기지요. 자카는 중얼거리면서 계단 위쪽에서 아래쪽까지 단숨에 이동했다.

"뭐야, 어떻게 된 거야? 헬리는 말 안 해줘!"

수하가 뱀파이어 둘을 날리며 물었다.

"형은 지금 말할 정신이 없어. 이제 막 뒤에 애들이 다 와서 저쪽은 좀 할 만해졌거든."

그런데 여기도 상태가 아주 나쁜 건 아니다. 자카는 뱀파이어의 목을 움켜쥔 노아가 어둠 속에 놈을 그대로 파묻는 광경을 보다가 슬그머니 시선을 돌렸다. 여기 분위기는 또 왜 이래?

"엄청 걱정했는데 생각보다 괜찮네?"

"걱정은 무슨."

자카의 말에 수하가 픽 웃었다.

"시온 봐. 쟤 날아다녀."

시온은 천장이 무슨 바닥이라도 되는 것처럼 룰루랄라 산책을 하는 걸음으로 한가하게 걷고 있었다. 그의 걸음마다 저 계단 끝에서 쏟아져 나오는 뱀파이어들이 쓰러진다. 자카 역시 느끼고 있었다. 그들의 이능력이 한 단계 더 높이 올라섰다.

자카는 잠시 빠르게 움직여서 뱀파이어 다섯을 한꺼번에 끌어다 놓았다. 그러면 노아가 그들을 바로 처리했다. 계단 위편에서는 푸른 늑대가 뛰어 내려와서 뱀파이어를 강하게 쳐냈다. 딱딱한 돌벽에 부딪친 뱀파이어가 주르르 미끄러졌다.

"어, 솔론도 왔어?"

"이쪽이 위험할 거 같아서."

뱀파이어들을 돌파한 솔론에겐 미세한 상처들이 보였지만 그는 그런 것에 개의치 않는다는 듯 앞을 바라보았다.

"저긴가?"

계단 끝에는 보일러실로 가는 길과는 비교가 되지 않을 정도로 웅장한 복도가 놓여 있었다. 천장이 무시무시하게 높았다. 장엄한 기둥이 복도 끝까지 양쪽에 일정한 간격으로 서 있었고, 그 기둥 뒤에는 거대한 그림들이 걸려 있었다.

"안 돼!"

뱀파이어들이 부르짖기 시작했다. 마치 그들이 절대로 발을 들여선 안 될 곳에 왔다는 반응 같았다.

"놈들이 절대로 신성한 곳에 진입하지 못하게 해라!"

"야, 제대로 온 거 같다?"

수하의 중얼거림에 솔론이 고개를 끄덕였다. 오지 말라고 하면 더더욱 최선을 다해 돌파해야지! 푸른 늑대의 오드아이가 번쩍거리며 빛났다. 늑대가 사납게 울부짖는 소리가 어두운 복도 안에 울려 퍼졌다.

숨이 턱에 닿을 지경이었다. 계단에서 싸우는 건 죽을 맛이다. 지형적인 이점도 없고, 치고 들어오는 적들은 끝이 없다. 저 복도 끝에서 거대한 문이 열리고, 자꾸만 뱀파이어들이 쏟아져 나오고 있었다.

아직까지 헬리를 비롯한 뒤쪽의 소년들이 이쪽으로 오고 있지도 못했다. 하지만 수하는 이를 악물고 싸웠다.

'내가 잘 버텨야 해.'

그래야만 했다. 이상한 책임감이 그녀를 꽉 붙들고 있었다. 예전 직업이 공주라서 그런가? 갑자기 불현듯 스치는 생각이 어이가 없어서 수하는 픽 웃어버렸다.

공주가 그녀인지 솔직히 불분명했다. 꿈에서 움직이는 수하에 가까운 존재고, 심적으로는 좀 멀게 느껴지기만 했다.

그녀는 뱀파이어들을 걷어찬 뒤 복도에 발을 내디뎠다. 기둥 뒤에 걸려 있던 그림이 좀 더 눈에 들어왔다.

"……어?"

저건 그러니까, 공주의 초상화가 아닌가?

제 69 화

오토널 습격
part 8

그러고 보니 어째 이상하다?

수하는 오늘 유독 공격이 수월하다는 생각을 했다.

그녀에겐 총을 쏘는 놈들도 없었고, 아까 날려버렸던 뱀파이어는 말을 붙이려고 했다. 뭐라고 말하면서 다가온 뱀파이어들이 한둘이 아니다.

물론 관심도 없어서 다 날려버렸지만 말이다.

'……계속 특별한 능력을 가진 여자를 찾고 있다고 했지.'

그냥 저 초상화를 돌리고 이렇게 생긴 여자를 찾으라고 했다면 수하는 꼼짝없이 붙잡혀갔겠다.

공주의 초상화는 지금 수하와 아주 똑같았다. 똑같이 생길 거라고 생각을 못 했던 것이니 저렇게 모호한 조건으로 사람을 찾은 거겠지?

"너 왜 아군을 공격, 악!"

그사이 시온에게 매료된 뱀파이어 둘이 또 아군을 공격하기 시작했다.

수하는 일단은 친구들을 지키는 데 집중했다. 그녀에게 웬만하면 공격을 하지 않으려고 한다 해도, 여태 수하가 열심히 공격한 이상 이들도 방어는 할 거다.

"여자는 잡아!"

아. 이제야 귀에 들렸다. 관심이 없어서 다 무시하고 바쁘게 때려 부수느라 굉음과 총소리에 묻혀 들리지 않던 소리들이 들렸다.

"잡으라고, 이 멍청이들아!"

어떻게든 수하 뒤에 파고들어서 그녀와 소년들을 분리시키려고 했던 게 바로 이 때문이었구나.

점점 뱀파이어들에게 다가가면 갈수록 더 깊이 그들이 꾸는 꿈과 연관되는 걸 벌써 몇 번째 겪는 것인가.

이젠 저 초상화와 마주했으니 아니라고 반박도 못 한다. 그럴 생각도 없었지만, 저 복도 끝에 존재하는 거대한 문 뒤에 뭐가 있을지 무척 궁금해지기 시작했다.

"너넨 생포도 모르냐! 멍청이들아!"

"신전 문 잠가!"

복도 전체가 뱀파이어들로 꽉 찼다. 뒤쪽에서 쏘던 총알이 이젠 수하의 곁을 지나 그녀를 생포하려 안간힘을 쓰는 뱀파이어들을 쏘아 맞혔다.

프린태니어 시에서는 상대적으로 아주 넓은 건물을 통째로 활용하며 싸웠고, 에스티발 시 물류창고도 이에 비하면 양반이었다.

향초 냄새가 전혀 나지 않는다는 건 다행이었지만, 이렇게 좁디좁은 곳에서 꾸역꾸역 밀려드는 적을 상대하는 건 고역이었다.

"여자만 잡아! 나머지는 다 죽여!"

"……아."

진짜 참으려고 했는데. 시온은 눈을 지그시 감았다가 떴다. 그가 눈을 뜨자마자 뱀파이어 셋이 매료되어 같은 편을 참살하기 시작했다.

"저 새끼들이 진짜 사람 짜증 나게……."

누굴 노리는지가 너무 명백하다. 노아는 이미 눈치챈 지 오래라, 복도를 뒤덮고 있는 어둠을 권속으로 부리며 사납게 공격하고 있었고, 솔론도 슬슬 입맛을 잃는 모양이었다.

수하만 모르면 될 일이었지만, 수하가 바보도 아니고 가장 앞에 있는데 저 말을 못 들을 리가 없었다.

그녀가 당황하다가 최선을 다해 스스로를 다잡으려 애쓰는 표정이 천장을 걸으며 아래를 헤아리고 있는 시온의 눈에 훤히 보였다.

헬리 형, 이놈들이 지금 수하를 알아봤어. 아까부터 계속 수하만 생포하려고 하고 있어.

그리고 시온은 이 말에 가장 싸늘하게 반응할 사람이 누구인지 아주 잘 알았다.

어떻게 알아본 거지?

당장 바쁘게 싸우느라 말도 거의 않던 헬리가 물었다.

여기 공주의 초상화가 있는데 그걸 보고 수하를 한 번 본 뱀파이어가 '어?' 하고 반응했거든.

일단은 비슷하게 생겼으니 잡아놓고 확인해보자 이건가.

저번 프린태니어 시에서도 수하를 따로 빼돌리려던 뱀파이어들을 제대로 겪었던 헬리의 입귀가 사납게 비틀렸다.

비슷하게 생긴 정도가 아니야. 아주 똑같아. 이것만 세밀하게 그려져 있고, 나머지는…….

시온은 얼굴 묘사보다는 상황을 묘사하는 데 치중한 다른 그림들을 보며 말을 잠시 흐렸다.

나머지는 그냥 기록에 가까워.
분명히 재상 작품이야.

헬리는 이를 빠드득 갈았다.

내가 내려갈 테니까 수하가 따로 떨어지지 않게 신경 써줘.
아, 우릴 뭘로 보고. 이미 다들 수하한테 바짝 붙어 있습니다아.

시온은 길게 말을 늘이며 수하에게로 다가가는 놈의 뒷덜미를 잡아챘다.

수하가 앞을 무조건 뚫어야 하고, 그 역할에는 자신이 최적이라는 사명감에 불타 뱀파이어들의 반응을 놓친 사이, 더 전투경험이 많았던 소년들은 다 봤다.

그리고 지나치게 자세해서 수하와 똑같은 공주의 초상화도 보았다. 그리고 그 초상화를 그린 자의 소름 끼치는 욕망까지도, 전부 다.

너무 재수 없고 역겨워서 이 정도로 파괴 욕구가 든 것도 처음이었다. 시온은 끔찍한 느낌에 몸서리치며 적들을 하나하나 성심성의껏 해치웠다.

"여자부터 잡으라고!"

"여자는 왜?"

"생긴 거 봐!"

이 뱀파이어들은 아무래도 프린태니어 시에서 맞닥뜨렸던 뱀파이어들과는 다르게 이곳에서만 아주 오래도록 머물렀던 뱀파이어들인 모양이다.

그들은 강하기도 했거니와, 위층에서 정장을 입고 경호원인 척하던 이들과는 달리 긴 의복을 입고 있었다.

그럼에도 불구하고 날카로운 공격을 펼친다는 건 영 어울리지 않았지만. 아주 오래된 뱀파이어들이 분명했다. 그래서 더 강력했다.

"아니, 도대체 왜 점점 세지는 거야!"

프린태니어 시에서 겪었던 정예 뱀파이어 부대 정도면 충분하지 않아? 노아는 솔직히 억울할 지경이었다. 솔론은 그저 성격답게 묵묵히 뱀파이어들을 쓸어버릴 뿐이다.

적들은 제각기 다른 이능력을 발휘했는데, 이게 상당히 귀찮을 지경이었다.

"너희끼리 싸우라고!"

시온도 노아만큼 짜증이 난 게 분명했는지 신경질적으로 외치며 더 강력한 이능력을 사용했다. 아무리 저들이 이능력을 사용할 줄은 안다 하나 소년들의 이능력에 비할 바가 못 됐다. 당장 문 안에서 나온 뱀파이어 하나가 눈이 획 돌아가더니 같은 편을 또 공격했다.

"저놈 잡아!"

시온에게 공격이 퍼부어졌다. 슬쩍 피한 시온의 곁을 자카가 경악하며 지나갔다.

"하나? 꼴랑 하나?"

"네가 해 봐, 한번. 얘네, 위에 있던 놈들이랑 차원이 다르다고."

하나만 매료시킨 것도 어딘데. 한꺼번에 셋까지 가능해서 한 다섯쯤으로 늘려볼 참이었는데 저 안에서 쏟아져 나온 뱀파이어들은 영 쉽지가 않았다. 하지만 괜찮다. 다 겪어봤다.

'⋯⋯언제?'

언제 저런 뱀파이어들을 또 겪어본 건데? 언제 수하를 둘러싸면서 지켜봤던 건데?

시온은 멈칫거렸다. 하지만 몸은 알아서 움직인다. 보호하면서 공격하는 이 까다롭고 어려운 짓이 너무나 익숙했다.

'기억이구나.'

몸이 기억하고 있는 거구나. 예전에도 이렇게 처절하게 싸웠던 적이 있었다. 분명히 그랬다. 기억도 나지 않고, 적이 누구였는지, 언제 그랬는지 알지 못하지만 분명히 그들은 수하를 지키며 목숨을 내놓으려 했던 적이 있었다.

시온은 신성한 피를 마시는 공주 주위를 기사들이 둘러싸고 있는 그림 앞에서 그렇구나, 하고 납득했다.

"저것들이 왜 수하한테 저러는 거야?"

노아의 옆에서 사납게 으르렁대는 소리가 들렸다. 솔론인 줄 알았는데, 옆을 보니 타헬이다.

"언제 왔어?"

"방금 전!"

타헬은 대답만 한 뒤 앞으로 쏘아져서 나갔다. 저러면 힘든데. 노아는 혀를 차며 어둠을 일으켜 그를 도왔다. 타헬이 한 공격을 그가 마무리 지었다.

"저 이상한 옷을 입은 놈들은 뭐야?"

"더 센 놈."

"왜 수하는 생포하라고 하는 건데?"

"수하를 생포하라고?"

뒤에서 엔지의 어이없는 목소리도 들렸다. 다행이다. 저 계단 위쪽에 있던 동료들이 하나둘씩 내려오고 있다는 건 좋은 신호였다. 혹은 밀려서 내려왔다면 나쁜 신호든가.

탕! 탕!

뒤에서 날아온 총알이 긴 옷을 펄럭이며 달려오는 뱀파이어들에게 명중했다. 하지만 두개골이 반쯤 날아가고서도 뱀파이어들은 몸을 삐그덕대며 일으켰다.

"으아아아아……."

타헬이 질색하며 그들을 더 일어나지 못하게 했다. 바꿔 말하자면 머리를 완전히 파괴했다는 뜻이다.

"좀비도 아니고 이게 뭐야!"

너무 끔찍하게 징그러웠다!

"더 세다 그랬잖아."

노아가 심드렁하게 말했다. 타다닥, 계단을 내려오는 발소리들이 많이 들린다. 그리고 그들 앞에 있는 적들을 향해 퍼부어지는 총알도 상당히 많아졌다.

솔직히 늑대인간 소년들은 총을 쏘면서 어떤 쾌감까지 느꼈다. 뱀파이어들이 늘 하찮게 여기는 늑대인간들을 사냥하기 위해 개조한 총에 저들이 당하고 있었다. 그거야말로 제대로 되갚아주는 방법이었다.

똑같은 방식으로 똑같이 사냥해준다. 자비 또한 마찬가지로, 없었다.

하지만 이젠 총도 그저 임시방편에 불과한 놈들이 나타났다.

"여자를! 여자를 생포해!"

"저 새끼들이?"

저놈들이 무슨 말을 하는지 똑똑히 알아들은 카밀의 눈썹이 사납게 꿈틀거렸다.

이미 헬리는 검을 쥐고 앞으로 쏘아져 나가다시피 하고 있었다. 아, 그래. 원래부터 드셀리스 주장이 수하 일에는 눈이 뒤집혔지.

'쟤네 언제 사귀냐?'

시답잖은 생각을 하면서도 카밀은 지원 사격을 잊지 않았다.

"야, 이거 영 시원치 않은데?"

하지만 역시나, 총은 위층에서 봤던 효과만큼의 성능을 내지 못했다.

"아직까지도 쏘고 있었냐?"

총을 화기가 아니라 둔기로 사용하고 있던 이안은 너덜너덜해진 소총을 휙 집어 던졌다. 요란한 소리를 내며 끝까지 뱀파이어의 머리에 직격한 소총은 이제 고쳐 쓰지도 못할 몰골이었다.

"저 비겁한 놈들이 왜 여자애를 잡으려고 해? 제일 약해 보여서 저래?"

"저런, 그러다가 죽지."

이안은 이유를 알고 있으면서도 신경질적으로 웃으면서 대충 대답했다.

이미 뱀파이어 소년들은 눈이 뒤집힌 지 오래였다. 몸에 각인된 기억이 그들을 움직이게 했다. 어떻게 사람을, 단 한 존재를 보호하는지 방법을 이미 알았다.

이건 각자 살아남고 서로 도와야 하는 게 아니다. 뼈가 으스러지고 살이 터져나가도 딱 한 사람만은 온전히 살아남아야 했다. 그래, 그거였다.

"아, 아아악!"

보통 단숨에 숨을 끊는 방법을 선호하는 소년 중에서 저렇게 비명이 울려 퍼지게 하는 사람은 딱 하나였다.

헬리의 검이 이 어두운 곳에서도 빛을 흩뿌리며 춤을 추었다.

"너는……! 너는……!"

가슴을 베여 고통스러워하는 어느 뱀파이어가 눈을 부릅뜨고 헬리를 가리켰다. 그는 단숨에 수하의 앞을 막아섰다.

"어, 왔어?"

덤덤하게 그에게 인사를 한 수하는 그의 곁으로 빠져나가 공격을 하려고 했다.

"아니, 넌 뒤에 있어."

"……내가 언제 그 말 들었어?"

안 들었지. 한 번도 안 들었지. 몸을 낮추더니 옆구리 쪽으로 쏙 빠져나가는 수하 때문에 헬리는 환장하겠다는 표정을 지었다. 시온은 킥킥 웃으며 수하를 도왔다.

씨알도 먹히지 않을 소리를 왜 자꾸 해? 형은 잔소리하는 면에서는 참 비효율적이야.
말이 안 먹혀도 하기는 해야지. 백 번을 하면 그중 한 번은 들을 거 아냐!

쾅!
문 안에서 쏟아져 나왔던 뱀파이어들이 다시 닫혀버린 문에 날아가 부딪쳤다. 뒤쪽에서 쫓아왔던 위층 뱀파이어들을 다 쓸어버린 소년들은 이제 안쪽에 있는 뱀파이어들을 마무리하는 데 주력했다.
훨씬 강력하지만 저 안에 있는 공간이 그리 크지는 않은 모양이다. 머릿수가 헤아릴 수 있을 정도라면 해볼 만했다.
"내가 진짜, 여기까지 와서 별일을 다 겪네!"
니자크는 냅다 뱀파이어를 밀쳐냈다.
저들도 저마다 독특한 이능력이 있었다. 한순간 눈앞에 빛이 팍 터져서 잠시 앞을 보지 못하게 한 뒤 달려드는 등 상당히 짜증스러운 능력이었다.

하지만 그들은 혼자가 아니다. 나자크가 눈을 꽉 감고 끙끙대는 사이 칸이 그놈을 걷어차고 목을 꺾어버렸다. 목을 돌리는 데도 상당한 힘이 든다. 뼈가 마치 강철 같다.

'점점 더 센 뱀파이어들이 나오는군. 앞으로 또 어떤 놈들이 나올지 기대가 되는데?'

동족들을 구하는 길이 결코 쉬울 거라고 생각하지 않았다. 칸은 주변을 샅샅이 파악하며 하나하나 차근차근 제거해나갔다.

프린태니어 시에서의 경험이 있어서 그런가, 이번에는 끝이란 게 보였다. 저쪽의 머릿수가 훤히 보였기 때문이다.

이길 수 있다. 뒤에서 뱀파이어들을 다 처리하고 왔으니, 이길 수 있었다. 그걸 다른 소년들도 다 알았기 때문에 속도는 점점 빨라져 갔다.

쾅!

요란한 소리가 몇 번 들리고, 사납게 일렁이던 어둠이 잦아들었으며, 헬리의 검이 푹 꽂혔다가 다시 빠져나왔다.

수하는 숨을 골랐다. 확실히 소년들에 비해 그녀의 체력이 조금 모자란 감이 있었다. 더 열심히 운동해야지. 굳게 닫힌 문 앞을 막는 뱀파이어는 이제 더 이상 없었다.

"……어쨌든 해냈네."

뒤에서 쫓아오는 놈들도 없다. 일단은 조용했다.

수하는 고개를 들고 육중한 문을 바라보았다. 닫혔는데, 저걸 어떻게 열까?

두 개의 문이 꽉 맞물려서 빈틈없이 닫혔다. 아무래도 열려면 문을 부숴야 할 것 같은데.

"저거 어떻게 열지?"

"잠깐 좀 있어 봐."

수하의 질문에 칸이 대답했다. 그는 기둥 사이에 걸린 그림들을 바라보고 있었다.

"열기 전에, 이게 도대체 다 뭐야?"

그건 시비를 거는 게 아니라, 정말 궁금하다는 질문이었다. 칸은 공주의 초상화를 보며 미간을 한 번 찌푸린 뒤 그 주변에 벽을 따라 주르륵 걸린 그림들을 가리켰다.

"너희한테도 뭔가 있다고는 생각했는데, 이젠 좀 말을 해줄 때가 된 거 같다."

그는 특히 피를 마시는 공주 주변에 서 있는 기사 일곱 명이 그려진 그림을 가리켰다.

얼굴은 자세히 묘사가 안 되었고, 그저 상징적인 그림에 가까운 것 같았지만 칸의 눈썰미를 피할 수는 없었다.

"이거 너희 얘기지?"

제 70 화

오토널 습격
part 9

주변에는 뱀파이어 시체들이 아직 식지도 않은 채 쌓였고, 그림에도 간간이 피가 튀었다.

더구나 언제 트리샤가 돌아올지 모르는 상황에서 저 끝에 있는 육중한 문을 돌파하지 않은 채 대화를 나누는 건 불안한 일이었다.

하지만 헬리는 대충 고개를 끄덕이며 자리에 털썩 앉았다.

"맞아. 일단 정비부터 대충 하면서 숨 돌리자."

이안은 뒤쪽에 묶어놓은 시장을 찾으러 갔다. 가다가 공주의 초상화를 보곤 사정없이 욕을 해댔다.

"미친, 야, 이거 재상 그놈이 그린 거 맞지?"

"재상?"

칸이 저건 또 무슨 소리냐고 헬리를 쳐다보았다.

"다르단. 레일건 마스터와 시장을 조종하는 트리샤의 상관. 예전 직업이 재상이었어."

"징그러운 놈, 어딜 감히 누굴……!"

그린 이의 욕망이 고스란히 투영된 아름다운 초상화였다.

의도를 모르는 이라면 화가가 피사체를 몹시 사랑했겠다, 하고 생각하겠지만 의도를 아는 뱀파이어 소년들은 저 초상화를 솔직히 찢어버리고 싶었다.

"일단 시장부터 찾으러 가. 그놈 기절하지나 않았는지 모르겠다."

"기절했으면 때려서 깨우면 될 거 아냐!"

지노가 씩씩대는 이안을 어르고 달래서 보냈다.

"나도 같이 가."

카밀이 자리에서 일어나서 이안을 따라갔다.

"혹시 모르니까 정찰도 하고 올게."

"다녀와."

고개를 끄덕인 칸은 헬리 앞에 주저앉았다.

타헬이 주섬주섬 가방을 열었다. 그러면서 우물쭈물 뱀파이어 소년들에게 조심스럽게 물었다.

"저기, 힘들면 마실 사람 있어?"

늑대인간이 혈액팩을 굳이 응급 가방에 같이 담아주는 것
도 모자라 혹시 필요한 사람 있냐고 묻는 건 정말 대단한 일이
었다.

헬리와 솔론은 동시에 픽 웃었다.

"괜찮아. 신경 써줘서 고마워."

시온이 타헬의 곁에 털썩 앉으면서 말했다.

"진짜 괜찮아? 다치지 않았어?"

"조금 긁혔는데 괜찮, 야, 너야말로 이게 뭐야!"

괜찮다고 말하던 시온이 눈을 크게 뜨며 타헬의 팔을 잡았
다. 찢긴 옷 사이로 팔뚝에 송곳니 자국이 선명했다.

"나도 괜찮아, 별것 아니야."

"야, 이게 어떻게 별 게 아니야? 피도 나잖아. 솔론, 얘 팔 좀
잡아봐. 일단 지혈부터 하자."

"뭐야, 타헬 다쳤어?"

솔론이 와서 거드는 사이 루슬란이며 마한을 비롯한 늑대
인간 소년들도 안색이 변해서 다가왔다. 금세 다들 응급 가방
을 뒤져가며 서로에게 반창고라도 붙여주기 시작했다.

그사이 이안이 퉁퉁한 시장에게 재갈을 물린 채 어깨에 메
고 카밀과 도로 계단을 내려왔다.

"문은 다 닫아놨어. 아직까지 조용해. 바깥에서 눈치챈 기미도 안 보여."

카밀의 보고에 칸은 헬리를 돌아봤다.

"이제 얘기나 좀 해봐. 어디서부터 뭘 알고 있는 건지."

이걸 뭐라고 이야기를 해야 하나. 그는 잠시 고민하다가 수하를 돌아보았다.

공주님이라는 단어에 면역이 아직 없는 그녀의 의견도 중요했다.

"이걸 말로 하는 것보다는 내가 그냥 생각으로 보여주는 게 나을 거 같은데, 어떻게 생각해?"

얼굴을 이미 감싸고 있던 수하는 잠시 심각하게 끙끙거리다가 포기했다. 저 민망하고 짜증 나는 초상화만 봐도 이미 글러 먹었다.

"그래, 그게 낫겠어. 그냥 다 보여줘. 이제 와서 뭘 숨기겠다고."

"그래, 그럼. 우리도 정리할 겸 다시 한번 보는 게 낫겠지?"

열네 명한테 한꺼번에 의사를 전달해보는 건 해봤지만, 여태 꿨던 꿈이나 겪었던 일들을 종합해서 순서대로 전달하는 건 처음이다.

헬리는 목을 몇 번 스트레칭한 뒤 집중했다.

☾

문 안쪽에는 뱀파이어가 딱 둘만 남아 있었다. 그들은 이 신성한 장소를 지키고 관장하는 신관이었다.

그렇다. 이곳은 옛 왕국 때부터 이어온 뱀파이어들의 신전이었다.

고대 신 바르그를 섬기던 신전은 모든 게 재상 다르단의 손에 넘어간 이후부터 변질되어 바르그의 피와 그 힘만을 숭상하는 식으로 바뀌었지만, 어쨌든 그들은 신관이다. 감히 신성한 장소에 침입한 저 더러운 늑대인간들을 용서할 수 없었다.

그 때문에 이곳을 지키던 다른 신관들이 다 뛰쳐나가서 공격에 참여했다.

이 신전은 오래된 만큼 고위 뱀파이어들이 지키고 있던 신성한 곳이다. 다르단 님의 직속 수하인 트리샤가 늘 신경 써서 관리하는 곳이기도 했다. 그러니 신관들의 전투력이 남달랐는데, 이상하다?

"아무 소리도 안 들리지?"

좀 시끄럽긴 했지만 워낙 방음도 잘 되고, 문이 크고 두꺼워서 둔탁한 소리가 좀 나다 말았다. 최고신관은 그를 모시는 바로 아랫사람인 신관에게 물었다.

"예, 하지만 문 때문에 소리가 안 들릴 수도 있어요."

"싸움이 끝난 건가?"

"글쎄요. 그랬으면 도로 들어오고 정화를 시작하자고 하지 않았을까요?"

괜히 불안해서 자꾸만 문에 귀도 대보고, 꽉 다물린 문틈으로 바깥을 엿보려고 했지만 보이지도 않았다.

"열어볼까?"

최고신관의 말에 당장 펄쩍 뛰는 반응이 돌아왔다.

"아휴, 큰일 나십니다! 안 됩니다! 바깥 상황이 정리되면 돌아오겠지요!"

"근데 너무 조용한 게 이상하잖아? 게다가 지금 트리샤 님도 안 계신데."

"……지금 돌아오셔서 조용한 거 아닐까요?"

"그런가? 아니, 어쨌든 끝났다는 거 아니야? 딱 조금만 보고 다시 문을 닫으면 되지."

궁금해서 참을 수가 없었다. 게다가 여태까지 떠받들어지던 최고신관으로선 처음 겪어보는 갇혀 있다는 기분이 꺼림칙하기만 했다. 얼른 떨쳐내고 싶었다.

무엇보다 바깥이 궁금해서 견딜 수가 없었다. 도대체 어떤 간이 부은 놈이 여길 알아내서 쳐들어온 걸까? 한 번도 그런 적이 없었는데 어떤 놈이지? 뭐가 목적인 거지?

"아휴, 안 된다니까요!"

"어허, 내 순발력을 우습게 보지 마라."

이럴 때만 위엄을 찾는 최고신관은 목소리를 착 깔면서 권위적으로 말했다.

그는 뜯어말리는 부하를 떨쳐내고 복잡한 잠금장치를 슬슬 풀어냈다. 아주 조금만 열어서 딱 보기만 하고 얼른 닫으면 되잖아? 전투를 거의 겪어보지 않았던 최고신관은 그게 가능할 거라고 한 치의 의심도 없이 믿었다. 그는 자신이 있었다!

끼릭끼릭, 톱니바퀴가 맞물리면서 바깥에서는 절대 열 수 없는 잠금장치가 매끄럽게 돌아가기 시작했다.

최고신관은 이 묵직한 양 문을 조금만 여는 게 가능하다고 믿었다. 어차피 싸우는 중이라면 다들 싸우느라 정신이 없어서 문에는 관심을 가지지 않을 테니, 상황이 어떤지만 보고 얼른 문을 닫는 건 아주 쉬운 일일 거다. 분명히 그럴 거다.

그런데 문을 조금 열어도 아무런 소리도 나지 않았다.

'뭐지?'

바깥은 아주 고요했다. 최고신관은 문을 조금 더 밀었다. 문이 워낙 두꺼워서 복도가 다 보이지 않는다. 조금만 더, 조금만 더! 마침내 그가 얼굴을 들이밀 수 있을 정도로 문이 열렸을 때였다.

"아, 왜 나오냐?"

누군가가 문을 턱 잡더니 투덜거리면서 문을 크게 열어젖혔다. 힘이 너무 세서 최고신관은 그만 앞으로 고꾸라지고 말았다.

"어억!"

"아이고, 신관님!"

비명을 지르던 신관도, 엎어진 최고신관도 빠르게 제압당했다. 문을 열어젖힌 이안은 투덜거리며 주머니를 뒤져 지폐를 꺼냈다.

"아, 진짜."

당당하게 손을 내밀고 있는 엔지와 자카에게 돈을 건넨 이안은 이번 내기에서 졌다. 그냥 부숴버리자는 파였던 그와 칸의 말과는 달리 엔지와 자카는 기다리면 궁금해서 나오지 않겠냐는 태평한 소리를 하며 돈을 걸었다.

헬리도 끼려고 했지만 모두가 그건 반칙이라고 나서서 막았기 때문에 결국 칸과 이안만 진 셈이었다.

"이걸로 과자 사 먹어야지."

엔지가 헤헤 웃었다. 물론 최고신관과 그 아래 신관, 그리고 카밀이 끌고 와서 최고신관 옆에 던진 시장에게는 가장 공포스러운 순간이 따로 없었다.

"과자 사 먹을 거야? 그럼 더 줄게."

칸은 주머니를 더 털었다.

"아, 싫어. 딱 이만큼이 좋아."

엔지가 몸을 뒤로 빼는 사이, 헬리는 지노와 솔론이 솜씨 좋게 묶어놓은 두 뱀파이어와 한 인간 앞에 앉았다. 나자크가 시장에게 물려놨던 재갈을 거칠게 뺐다. 당장 시장이 외쳤다.

"네, 네놈들은 누구냐!"

"그렇게 물어보면 퍽이나 잘 대답해주겠다."

지노가 고개를 흔들었다.

"아, 나 이 다음에 나올 얘기 알아. 어떻게 뱀파이어들이 더러운 늑대인간들과 함께 다니냐! 그거지?"

카밀도 한마디 보탰다. 그는 이 상황이 꽤나 재미있는 모양이었다.

"그건 아닐걸. 인간이 할 말은 아니고, 저 신관들은 우리 정체를 아는 모양이니까."

헬리가 대답하자 카밀은 최고신관을 바라보았다. 신관의 눈은 전부 수하에게 향해 있었다.

"공주……!"

그가 신음하며 공주를 부르자 당장 노아가 눈에 쌍심지를 켰다.

"공주님, 공주님. '님' 자 어디 갔어? 하여튼 다르단한테 붙은 놈들은 예의가 없어."

수하는 조용히 얼굴을 쓸어내리며 고개를 돌렸다.

민망해라. 그녀는 괜히 안쪽을 둘러보았다.

신전 내부는 더 넓었다. 원형으로 널찍하게 뻗은 공간 안에 돌로 만든 제단이 있고, 촛불이 그 둘레를 따라 켜졌다. 내부의 벽화는 복도보다 더 세밀했다. 쓰러진 일곱 기사와 혼자 남은 공주, 공주, 공주, 오직 공주뿐이다.

말로 하는 긴 설명이 아니라 영화를 보듯 머릿속에서 펼쳐지는 꿈의 내용과 험악했던 보육원 탈출 덕분에 늑대인간 소년들마저 그 벽화를 곱게 보지 못했다.

"이 그림. 여기에서 너네 다 쓰러지고 공주 혼자 남은 거 맞지? 저건 본 적이 없는 거잖아?"

칸이 그림들을 노려보다가 말했다.

"뭐, 한번 뒤져봐야지."

헬리는 안 그래도 창백했는데 밀가루를 표백한 것처럼 하얗게 질린 최고신관을 들여다보았다. 샅샅이 '뇌 속을' 뒤져봐야지. 시간이 상당히 걸리겠지만, 마침 그들에겐 시간이 아주 많았다. 헬리는 씩 웃었다.

☾

트리샤는 자꾸만 고개를 빼고 앞을 바라보았다. 창문 바깥 풍경은 그녀를 빠르게 스치고 지나갔지만, 트리샤가 원하는 속도는 아니었다.

마음이 몹시 조급했다. 프린태니어 시에서 시신들을 대충 처리하고, 불에 타고 남은 흔적이라도 더듬느라 시간이 많이 지체되었다. 결국 아침 해가 뜰 무렵에 간신히 오토널 시로 돌아올 수 있었다.

'기사 놈들이 습격한 거야. 그럼 공주는?'

새파랗게 어린 주제에 늘 능력만은 뛰어났던 기사들도 모자라 늑대인간들의 냄새도 났다. 그건 불로 지운다 해도 지울 수가 없는 냄새였다.

갈수록 가관인데, 정작 그놈들 사이에 여자가 있는지 없는지는 전혀 알 수가 없어 답답했다. 어쨌든 이 문제는 다르단에게 직통으로 보고해야 할 중요한 사안이었다.

보육원에서 놓쳤던 기사들이 다시 나타났다. 트리샤는 입술을 깨물었다.

'그때 마지 그게 감히 우리를 막지만 않았어도……, 발목만 잡지 않았어도…….'

공주를 가르치고 기사들까지 가르친 마지는 전투에 능하고 아주 유능한 뱀파이어였다. 그녀는 자신의 회복력을 비롯한 모든 능력을 그저 습격자들을 막고 함께 죽는 데 써먹었다.

덕분에 쌍둥이들은 심한 부상을 입었고, 마지가 숨겨놨던 기사들은 빠져나가는 데 성공했다. 그것도 아주 어린 아이가 된 놈들인데 놓쳤다. 뼈아픈 일이었고, 그때 다르단의 분노는 어마어마했다.

'언젠간 다시 나타날 놈들이라고 다르단 님이 말씀하셨지.'

미리 알고 막았어야 했는데, 쓸모없는 동생 같으니! 이런 건

진작 얘기해줬어야지! 새삼스럽게 죽은 동생에 대해 화가 치밀다가도 동생이 죽었다는 생각이 다시 들면 한숨이 나왔다.

어쩌겠나. 살아 있는 언니가 뒤처리를 잘해야지. 하지만 솔직히 동생이 죽어서 슬픈 것보다 다르단이 분노할 게 훨씬 더 중요했다.

"도착했습니다."

시청 앞에 차가 섰다. 트리샤는 차 문을 열어주기도 전에 자신이 직접 차 문을 열고 내렸다. 아직 직원들이 출근할 시각은 아니라 정문은 닫혔지만, 직원들이 이용하는 문이 따로 있었다.

그녀는 그곳으로 빠르게 향했다. 이미 구워삶아 놓은 시장이나 지하에 처박혀 어서 공주가 나타나라고 빌어대는 신관들이야 관심 밖이다.

오토널 시 전체를 지배하는 자는 트리샤였고, 그녀는 어서 일곱 기사의 목을 얌전히 다르단에게 바쳐야만 했다.

그녀는 뒤에 경호원과 비서를 비롯한 뱀파이어 셋을 달고 시청 안으로 들어갔다. 시장실로 향하는 엘리베이터를 타려면 이쪽 복도를 지나 로비와 연결되는 엘리베이터로 가야 했다.

"히버널로 갈 거야. 준비해."

"예, 알겠습니다."

'다르단 님께 어떻게 말씀을 드려야 최대한 좋게 일이 끝날 수 있을까? 트레나에게 뱀파이어를 얼마나 지원해주신 거지?'

분명히 다르단은 트레나에게서 어떤 말을 들었을 거다. 그러니 뱀파이어들을 더 붙여줬겠지.

트레나보다 아는 게 없으니 트리샤는 계속 고민하고 또 고민해야 했다. 그녀가 골똘히 생각에 잠겨 빠른 걸음으로 걸어가고 있을 때였다.

'어?'

뭔가 뒷골이 서늘했다. 뒤에서 둔탁한 소리가 들려서 곧장 돌았을 때, 상황은 이미 끝났다.

트리샤는 그녀의 목에 드리워진 검에 질겁했다. 그녀를 따르던 뱀파이어들은 다 제압당했고, 수하가 그녀를 보며 팔짱을 끼고 서 있었다.

'공주!'

그녀에게 검을 들이댄 헬리가 싸늘하게 중얼거렸다.

"오랜만이야, 트리샤 비서관."

그녀가 한낱 재상의 비서관에 불과하던 때의 기억을 되살려

준 헬리는 벌레를 보듯 그녀를 내려다보았다. 아침 해가 막 떠오르고 있었다.

〈DARK MOON: 달의 제단〉 6권 끝

DARK MOON 6

WITH **ENHYPEN**

2023년 12월 20일 초판 1쇄 발행

기획/제작 | **HYBE**
공동기획 | WEB TOON

발 행 인 | 정동훈
편 집 인 | 여영아
편집국장 | 최유성
편   집 | 양정희 김지용 김혜정 김서연
디 자 인 | DESIGN PLUS

발 행 처 | (주)학산문화사
등   록 | 1995년 7월 1일
등록번호 | 제3-632호
주   소 | 서울특별시 동작구 상도로 282 학산빌딩
편 집 부 | 02-828-8988, 8836
마 케 팅 | 02-828-8986

ISBN 979-11-411-2011-5 03810
ISBN 979-11-411-2005-4 (세트)

값 9,800원